M000309415

CUENTOS DE LOS SABIOS DE LA INDIA

NUEVA ALIANZA
178

Otros títulos publicados
en Ediciones Sígueme:

— Ben Zimet, *Cuentos del pueblo judío* (NA 174)
— A. Schwarz, *La dragoncita Quiéreme* (NA 162)
— M. Zink, *El juglar del Nuestra Señora. Cuentos cristianos de la Edad Media* (NA 160)
— G. Theissen, *La sombra del Galileo* (NA 110)
— A. Schwarz, *El amor es así* (NA 171)
— M. Gandhi, *Todos los hombres son hermanos* (PD 32)
— M. Gandhi, *Palabras de verdad* (Bolsillo 9)
— I. Goraïnoff, *Serafín de Sarov* (Ich 20)
— *Relatos de un peregrino ruso* (Ich 8)
— J. L. Martín Descalzo, *Razones* (NA 170)

MARTINE QUENTRIC-SÉGUY

CUENTOS DE LOS SABIOS DE LA INDIA

A ORILLAS DEL GANGES

EDICIONES SÍGUEME
SALAMANCA
2002

Cubierta diseñada por Christan Hugo Martín

© de la traducción: Mercedes Huarte Luxán
   del original francés: *Au bord du Gange. Contes des sages de l'Inde*

© Éditions du Seuil, Paris 1998
© Ediciones Sígueme S.A., Salamanca 2002
   C/ García Tejado, 23-27 - 37007 Salamanca / España
   www.sigueme.es

ISBN: 84-301-1473-4
Depósito legal: S. 1.410-2002
Fotocomposición: Rico Adrados S.L., Burgos
Impreso en España / UE
Imprime: Gráficas Varona
Polígono El Montalvo, Salamanca 2002

CONTENIDO

INTRODUCCIÓN

Si, como decía Patrice de La Tour du Pin, «todos los países que ya no tienen leyendas están condenados a morir de frío», no es extraño que el clima de la India sea así de ardiente, pues cada piedra, cada lugar, cada planta, cada animal, cada situación, cada aspecto de lo divino y de muchos humanos tiene una o más historias.

La cultura india es espiritual, y sus cuentos son naturalmente huellas de esta espiritualidad. Dos nociones retornan incansablemente: la de *dharma*, traducible relativamente como «ley cósmica o divina, destino, deber…», y la de *karma*, prácticamente intraducible, pues escapa del todo a nuestra concepción del mundo. El karma es a la vez la acción misma, ritual o impulsiva, y también la huella que pueda dejar toda acción sobre el porvenir individual o colectivo, no sólo en esta vida, sino también en el curso de múltiples reencarnaciones. El karma determina la estructura y la cualidad de estas vidas. Nada se perderá, en cinco minutos o en mil años, todo grano dará fruto.

Las reencarnaciones pueden parecer facilidades para alcanzar, antes o después, la meta natural de toda vida, que es reincorporarse al estado divino. A veces son fáciles, gloriosas, hasta divinas, pues los dioses de la India no son más que manifestaciones, esto es, etapas. Pero a menudo son difíciles, dolorosas, incluso demoníacas o animales. La meta final de toda vida está contenida en la palabra «liberación», que implica tanto escapar de las reencarnaciones, del sufrimiento y la ilusión, como reconocer e integrar lúcidamente las reencarnaciones, el sufrimiento y la ilusión en el seno de la realidad, sin juzgar, sin rechazar, sin huir.

A los hindúes se les proponen diversos caminos para realizar esto y alcanzar la sabiduría. Uno de ellos recibe el nombre de Vedanta. Los cuentos de este libro reflejan la sabiduría de las cuatro cualificaciones preliminares para incorporarse a este camino.

Se necesita un ardiente deseo de liberarse de la ignorancia y de los ciclos de la muerte y re-nacimiento. Con este deseo en el corazón, se trata de desarrollar el discernimiento, que es a la vez sentido común y conocimiento imparcial de la realidad de las cosas y las situaciones, el apaciguamiento tanto de las pasiones como de los deseos, y las seis virtudes. Estas seis virtudes comprenden el sosiego de los sentidos y de la mente, la paciencia y la aceptación generosa, la fe en el Maestro bajo su forma humana o en su esencia última, la concentración mental, y la renuncia a las ambiciones e ilusiones del mundo material.

Ciertos cuentos intentan igualmente dar a oler un poco del perfume de lo que está más allá de toda noción de camino.

En el texto se utilizan algunas palabras de origen sánscrito. Algunas de ellas, como «karma» o «veda», han entrado en nuestra lengua y pueden encontrarse sin dificultad en diccionarios y enciclopedias.

Otras, como «mantra» o «naga», se mantienen en sánscrito porque no pueden ser traducidas con una sola palabra, y el empleo de perífrasis haría considerablemente pesada la lectura de los textos [1].

Un mantra es una fórmula mística y mágica de extensión variable. Unas veces consta de una sola palabra inteligible,

1. Nota del editor: en notas a pie de página y en el Glosario al final de libro, se ofrecen unas breves explicaciones de estas palabras y de algunos nombres propios.

otras veces se presenta como una frase, y puede ser también un sonido que hace vibrar nuestras fibras sensibles o los elementos que constituyen la materia. Los nagas son generalmente serpientes míticas de muchas cabezas, aunque en ocasiones pueden tener sólo una. Su cuerpo gigantesco se parece al de las cobras, mientras que sus cabezas son de dragones, de cobras o humanas. La misma palabra es utilizada a veces para evocar a los elefantes sagrados. Los nagas son divinidades de la tierra, o espíritus de las aguas, que guardan maravillosos tesoros ocultos.

Espero que estos cuentos sepan conduciros a lo más profundo de vuestra memoria para descubrir allí vuestros prodigiosos tesoros escondidos.

CUENTOS DE LOS SABIOS
DE LA INDIA

1
Huellas

El hombre estaba muerto, rígido, envuelto en blancas vendas. Su espíritu flotaba en el extraño intermedio que sigue a la negra zambullida. Acababa de dejar una vida, una historia, un mundo. Mientras se adentraba en la espiral luminosa que se materializaba poco a poco ante él, le vino a la mente su aventura humana. La vio como unos pasos que dejan huellas en la arena, ligeros cuando la vida es simple o rutilante de alegría; pesados y profundos en los días de angustia.

Su adhesión a Dios no había flaqueado nunca, había vivido en estado permanente de recuerdo, no había olvidado nunca al Ser. El Señor, además, le había acompañado a todas partes. Vio su rastro al lado del suyo propio y sonrió. Después, al contemplar otra vez el camino, se dio cuenta de que el doble rastro de huellas no era constante. Dios había atravesado con él las alegrías pero, en los días de desgracia, él, el humano, el pobre hombre, había tenido que caminar sin compañía alguna.

Su alma en agonía interpeló a Dios:

–Señor, ¿por qué me abandonaste? ¡Mira lo mal que me iba y lo solo que estaba!

Dios, a su lado, contestó:

–Fíjate mejor en la forma de los pasos: cuando estabas alegre, yo estaba junto a ti, pero cuando sufrías, cuando estabas tan cansado de afrontar las dificultades del mundo que ya no podías mantenerte en pie tú solo, ¡yo te llevaba en brazos!

2
Muletas

El rey cayó del caballo y se rompió las piernas de tal modo que no pudo volver a usarlas. Aprendió entonces a andar con muletas, pero no soportaba su invalidez. Pronto le resultó insoportable ver cómo la gente de la corte andaba a su alrededor y se le agrió el humor, sin que él hiciera nada para remediarlo. «Puesto que yo no puedo ser como los demás –se dijo una mañana de verano–, haré que los demás sean como yo». Y mandó publicar en sus ciudades y pueblos la orden definitiva de que todos llevaran muletas, bajo pena de muerte. De un día para otro, el reino entero se pobló de humanos inválidos.

Al principio, algunos provocadores salieron a la luz del día sin muletas, y fue difícil alcanzarlos en su carrera, pero, tarde o temprano, todos fueron detenidos y ejecutados para servir de escarmiento, y nadie se atrevió a repetir la provocación. Para no comprometer la seguridad de sus hijos, las madres comenzaron a enseñar a los niños a andar con muletas desde el principio. Había que hacerlo, y así se hizo.

El rey vivió hasta muy viejo, y nacieron varias generaciones que no habían visto nunca a nadie que circulara libremente sobre sus dos piernas. Los ancianos desaparecieron sin decir nada de sus largos paseos y sin atreverse a suscitar, en el espíritu de sus hijos y de sus nietos, el peligroso deseo de un caminar independiente.

A la muerte del rey, algunos viejos intentaron librarse de sus muletas, pero era demasiado tarde, pues sus cuerpos gastados las necesitaban. La mayoría de los supervivientes ya no podían mantenerse derechos, y permanecían postrados en una silla o tumbados en el lecho. Aquellas tentativas aisladas fueron consideradas como los dulces delirios de viejos seniles. Ya podían contar que, en otro tiempo, la gente andaba con libertad, que se les miraba por encima del hombro, con la alegre indulgencia que se otorga a los que chochean.

–¡Sí, claro, abuelo, vamos, eso fue, sin duda, cuando el pico de las gallinas tenía dientes!

Y, con una sonrisa en los ojos, intercambiaban un guiño, mientras sacudían la cabeza al oír la voz del viejo, antes de marcharse a reír a otra parte.

Allá lejos, en la montaña, vivía un robusto viejo solitario que, en cuanto murió el rey, arrojó sin titubeos las muletas al fuego. De hecho, hacía años que no había utilizado las muletas en su casa o cuando se hallaba solo en la naturaleza. Las usaba en el pueblo para evitar complicaciones pero, como no tenía mujer ni hijos, no se privaba del placer de una bonita y buena marcha. ¡No ponía en peligro a nadie más que a él, y eso, muy en secreto! Al día siguiente por la mañana salió, valeroso, a la plaza del pueblo y se dirigió a los pasmados vecinos:

–¡Escuchadme! Tenemos que volver a encontrar nuestra libertad de movimientos, la vida puede recuperar su curso natural, ahora que el rey inválido ha muerto. ¡Pidamos que se derogue la ley que obliga a los seres humanos a andar con muletas!

Todos le miraban, y los más jóvenes se animaron inmediatamente. La plaza se convirtió en un hervidero de niños, adolescentes y otros deportistas que intentaban avanzar sin muletas. Hubo risas, caídas, arañazos, magulladuras, pero también algunos miembros rotos, debido a que los músculos de las piernas y de la espalda no habían aprendido a soportar el peso del cuerpo. El jefe de la policía intervino:

–¡Alto, alto! ¡Es demasiado peligroso! Tú, viejo, vete a vender tus talentos en las ferias. Está claro que los humanos no están hechos para andar sin muletas. ¡Mira la de heridas, chichones y fracturas que ha provocado tu locura! ¡Déjanos en paz! ¡Desaparece y, si quieres vivir tranquilo, no trates más de descarriar a esta hermosa juventud!

El anciano se encogió de hombros y se volvió a pie a su casa.

Cuando llegó la noche, escuchó que llamaban discretamente a la puerta. El ruido era tan leve que lo atribuyó a una rama agitada por el viento y no abrió. Entonces oyó una llamada clara:

–¿Quién eres? ¿Qué quieres? –preguntó.

–Ábrenos, abuelo, por favor –susurró una voz.

Abrió.

Diez pares de ojos brillantes le miraban, ardientes. Un muchacho se adelantó y murmuró:

–Queremos aprender a andar como tú. ¿Nos aceptarías como discípulos?

–¿Discípulos?

–Ese es nuestro deseo, maestro.

–Hijos, yo no soy un maestro, no soy más que un humano en buena forma para andar, en el sentido más simple de la palabra.

–Maestro, por favor –porfiaron todos juntos.

Al anciano le entró la risa, pero luego, al contemplarlos, se conmovió. Comprendió que el asunto era grave, incluso esencial, y que los chicos eran valerosos, ardientes, henchidos de vida. Traían las oportunidades del porvenir. Abrió de par en par la puerta para acogerlos.

Acudieron durante meses, sin decir nada a nadie, solos o de dos en dos, para ser discretos. Cuando fueron lo bastante hábiles, marcharon a pie, juntos, al pueblo.

21

–¡Atended! –dijeron–. ¡Miradnos! ¡Es fácil y divertido! ¡Haced como nosotros!

Una ola de pánico invadió los corazones miedosos. Fruncieron el ceño, les señalaron con el dedo, se asustaron mucho. La policía llegó a caballo para hacer que cesara el escándalo. Detuvieron al viejo, lo llevaron a juicio, lo condenaron según el edicto real y lo ejecutaron por haber pervertido a diez inocentes.

Sus discípulos, revolucionados por el trato infligido a su maestro, defendieron a viva voz en las plazas que ellos andaban y se encontraban bien así, y mostraron a todo el que quería verles lo cómodo que era tener las manos libres y las piernas ágiles. Juzgaron que sus demostraciones eran falaces, les detuvieron y les llevaron a la cárcel. Sin embargo, consideraron que habían sido arrastrados al error y les concedieron circunstancias atenuantes, así que no se les condenó más que a penas leves. Algunos obstinados no quisieron renunciar a su pretensión de que había que andar sin muletas, y la comunidad, inquieta, trastornada en sus costumbres por la rareza, les rechazó prudentemente fuera del pueblo, aconsejándoles que hicieran carrera en las ferias. Respecto a quienes se quedaron e insistieron demasiado, no hubo otro remedio en ocasiones que aplicar estrictamente la ley, pero en general se les consideró más bien con conmiseración y se les trató como a los locos del pueblo, que se mantienen a distancia de los niños y de las buenas familias.

Todavía hoy se cuchichea en las veladas vespertinas, con palabras encubiertas, que, a pesar de todo, existen, aquí y allá por el mundo, pequeños grupos que no parecen estar locos y que pretenden andar solos, sin muletas. No se puede probar. A los niños les enseñan que ésos son cuentos.

3
Devoción

Narada era un sabio, un vidente de los tiempos védicos, el mensajero de los dioses entre los hombres. A menudo visitaba la morada de Vishnú[1] para recibir las sagradas noticias que debía transmitir al mundo. Una vez, por el camino, encontró a dos ascetas que meditaban en un bosque.

El primero era joven y hacía poco que había renunciado a su vida en el mundo para ir hacia el conocimiento por los caminos de la oración y la meditación. El segundo estaba gastado por los años, arrugado por las privaciones, y ya no se acordaba del tiempo en que no rezaba o meditaba.

–¡Oh, Tú, hijo del dios Brahma[2], mensajero divino, músico celestial, Tú, sabio Narada! ¿Te importaría preguntar a Vishnú cuándo conoceremos la beatitud de ver su sublime rostro? –preguntó el viejo–.

El joven aprobó vivamente sus palabras.

–Sí, sí –dijo–, nos gustaría mucho saber cuánto tiempo tendremos aún que quedarnos aquí orando y meditando.

Narada aceptó de buen grado plantear la cuestión a Vishnú. Los dos ascetas le dieron las gracias y él reemprendió su camino a la vez que ellos reemprendían la meditación.

Cuando llegó a Vaikuntha[3], Narada se anunció a los guardias de las puertas celestiales.

1. Dios que conserva el mundo y protege a la humanidad.
2. El dios creador.
3. La morada celestial de Vishnu.

—Soy yo, Narada el vidente, el mensajero de los dioses.

Vishnú le oyó y percibió, en el fondo de su voz, un rastro de orgullo. Cierto que Narada recorría el mundo cantando noche y día el nombre divino, era uno de los hijos del dios Brahma y tenía fama de haber excavado el árbol del pan y haber tendido siete cuerdas para inventar la vina[4], ese bello instrumento cuya música encanta a los dioses. También había redactado tratados de filosofía, de derecho y de música. Pero ¿de dónde le venían sus talentos, su amor por Dios, su origen? Ya era hora de que el hijo bendito recobrara el sentido de la realidad. Así que Vishnú le sugirió que fuera a ver al santo más grande que vivía sobre la tierra: un pobre granjero en una humilde aldea.

Narada quedó confuso. ¿Existía, entonces, alguien más santo que él en su tiempo? ¿Cómo un pobre granjero había logrado ser mejor considerado y más querido por Dios que él? No dijo palabra de su turbación, planteó a Vishnú la cuestión que le habían confiado los dos ascetas y volvió a la tierra por el mismo camino. Buscó a los dos hombres para transmitirles la respuesta divina y anunció al viejo:

—Tendrás que meditar todavía cien vidas más y después te reunirás con Vishnú.

Lágrimas de alegría brotaron de los ojos del anciano. Así pues, estaba seguro de encontrar a Dios dentro de sólo cien vidas, ¡cien vidas que consagraría a la dicha de rezar, de meditar, de no pensar más que en el Bien Amado! La cabeza le daba vueltas, estaba ebrio de felicidad y se sentía bendito, satisfecho.

El joven, frunciendo las cejas, se preocupó un poco:

—¿Y yo? —preguntó.

—Tú conocerás a Dios desde la próxima vida.

4. Instrumento musical que consiste en dos calabazas huecas, unidas por cuerdas, que se pulsan con una delgada caña de bambú. Aparece hacia el 600 a.C, por lo que es considerado como el origen del que arranca toda la familia de los instrumentos de cuerda.

–¿Por qué no en ésta?

–Lo ignoro; te transmito la respuesta de Vishnú. Yo no soy más que su mensajero.

El hombre se levantó, decepcionado, dio una patada a su cojín de hierba sagrada que le servía para la meditación y decidió volver al mundo.

–¿Para qué voy a rezar en esta vida si hasta el curso de la próxima no me conducirán mis oraciones a Dios?

Narada, al verle partir, se llevó de pronto una mano a los labios. Acababa de cometer un grave error. ¡Estaba tan perturbado por su propio tormento que había invertido los mensajes! Por desgracia, el joven ya estaba lejos y fue imposible prevenirle. El viejo se enteró de la dulce predicción con una devoción temblorosa y besó los pies del mensajero que le había traído aquella radiante noticia del futuro. Narada, conmovido por la abnegación y la sencillez del anciano, empezó a preguntarse si no habría encontrado ya al hombre más santo de su tiempo. Pero Vishnú le había hablado de un granjero, no de un asceta, por lo que siguió su camino.

Más allá del bosque, más allá de la ciudad, más allá de los pueblos, más allá del río, en una tierra árida, perdida e ignorada, encontró al granjero. Era un hombre sencillo, cuyas manos encallecidas evidenciaban que habían pasado más tiempo escarbando la tierra que unidas en santas oraciones. Cuando vio a Narada, mostró un gran respeto y le ofreció su hospitalidad sin reservas. Le invitó a honrar su pobre casa todo el tiempo que quisiera y le ofreció espontáneamente su propia comida, sin reservar nada para sí. Narada le prometió quedarse en su casa algunos días, ya que así esperaba poder observar las misteriosas y muy eficaces devociones del granjero.

El hombre durmió al raso, dejando su techo y su estera a Narada. Por la mañana se levantó, se volvió hacia oriente y pronunció «Vishnú, Vishnú» con devoción, después dio de comer a Narada, se tomó las sobras y partió a una jornada de trabajo en el campo. Por la noche cocinó la cena, sirvió a Narada, comió de lo que se había dejado, barrió la casa, extendió la estera y se la ofreció a su invitado. Después salió al aire libre, se volvió a poniente, pronunció «Vishnú, Vishnú» con devoción y se fue a dormir sobre el mismo suelo.

Al día siguiente hizo lo mismo y en los días sucesivos nada cambió. Narada no tuvo otra cosa que observar durante toda su estancia que los gestos repetidos todas las mañanas, no pudo oír más que esos «Vishnú» dichos mañana y tarde. Cuando llegó la luna llena partió, cubierto de bendiciones por el granjero, que se consideraba el más feliz de los hombres por haber podido dar alimento y cobijo a un santo.

Narada volvió a Vaikuntha muy pensativo. Al presentarse a las puertas de la morada celestial de Vishnú, dijo:

—Soy Narada.

Nada más. Esperó que el dios le llamara junto a él y entonces mostró su rebeldía:

—Señor, me dijiste que ese hombre era el santo más grande de la tierra. ¿Cómo es que pronunciando Tu Nombre mañana y tarde, puede ser más grande que yo, que no puedo ni contar la de veces que pronuncio Tu Nombre cada día?

Vishnú le contestó:

—Verás en qué este santo es el más grande.

Cogió una vasija pequeña, la llenó de aceite hasta el borde, la puso en las manos de Narada, juntas en forma de copa, y le mandó dar una vuelta a Vaikuntha llevándola así siempre, sin derramar una sola gota de aceite sobre el sagrado suelo del monte Sumeru. Entre el nivel del aceite, el trayecto y los desniveles del camino, no conseguía apenas respirar. Consiguió llevar a cabo su misión, dio la vuelta a Vaikuntha y volvió junto al dios sin haber derramado nada. Vishnú recibió la vasija y preguntó a Narada:

—¿Cuántas veces has pensado en mí mientras cumplías la tarea?

–¿Bromeas, Señor? Encontrar el camino, andar sin tropezar y asegurarme de que la vasija no se inclinaba, reclamaron toda mi atención. ¿Cómo iba, además, a pensar en ti?

–¿De veras? –le respondió Vishnú–. Pues entérate de que el granjero realiza todas sus tareas cotidianas sin olvidarse nunca de invocarme al alba y a la caída de la tarde. Por mí traza los surcos, al cosechar me ofrece su grano y duerme feliz de ser velado por mis estrellas. Lo ha hecho así desde la infancia, mientras que tú ni me llamaste para que bendijera tu primer paso, ni para que acogiera el último de una misión puntual. Vete; no basta con pensar en mí cuando no tienes otra cosa que hacer. ¡Tienes que vivir en mi presencia todos los instantes de tu vida de hombre!

Narada siguió su camino. Al atravesar el bosque, saludó con respeto al viejo asceta. Pero, sobre todo, veneró en su corazón a los verdaderos santos de Dios: el granjero que bendice su arado antes de trazar un surco, la mujer que dibuja un *mandala*[5] de harina antes de realizar su trabajo diario, todos aquellos que, en las penas y en las alegrías, en el trabajo y en el reposo, murmuran «Señor», «Vishnú», «Shiva»[6] o cualquier otro nombre divino en la lengua conveniente.

5. Un dibujo complejo, generalmente circular, que representa las fuerzas que regulan el universo y que sirve como apoyo de la meditación

6. El dios protector, reina sobre la muerte, la siembra, los monzones y el retorno a Dios. El indecible, el inmaterial, el eterno.

4
Confianza

Un devoto de Vishnú estaba desconsolado porque no tenía hijos. Oró, ayunó, realizó una larga ascesis, y después, con los brazos cargados de flores, de frutos y de incienso, fue a echarse a los pies del sabio Narada.

–Oh, Narada, hijo de Brahma, ¿puedes rezar a Dios por mi esposa y por mí, para que nos bendiga y nos conceda un hijo?

Narada partió enseguida hacia Vaikuntha, la morada de los dioses, para transmitir sin tardanza la petición a Vishnú:

–Oh, Señor que protege el mundo, ¿cuándo concederás un hijo a tu fiel servidor y a su esposa?

–El destino de esa pareja no es ser padres. No tendrán hijos en esta vida.

La noticia entristeció al sabio y le invadió una gran compasión. Conocía cuánto soñaba la pareja con tener hijos y sabía que sólo un hijo puede realizar los ritos funerarios indispensables para evitar la dolorosa marcha errante entre los mundos. Murmuró:

–Oh, Señor, bendice a esta pobre gente.

Por suerte, ni el devoto de Vishnú ni su esposa esperaban de él la respuesta divina, ya que no hubiera sabido cómo asestarles la terrible verdad. Evitó, pues, pasar cerca de su casa durante largos años, porque no sabía cómo responder a su tormento. Sin embargo, un día se vio obligado a tomar ese camino y, al llegar junto a la casa, oyó risas de niños en el jardín. Echó una ojeada por encima de la tapia y vio que la mujer daba el pecho a un bebé, mientras una niña y su hermano mayor jugaban a su alrededor. No tenía sentido preguntar si el bebé era de la mujer. ¿Cómo, si no, le iba a subir la leche que el niño saboreaba?

Decidido a entenderlo, empujó el portillo, entró en el jardín, bendijo a los que se hallaban allí y saludó a la esposa.

—Dime, madre, ¿todos estos niños son tuyos?

—Sí, maestro, ¿cómo podré agradecértelo?

—¿Agradecerme a mí?

—Sí; sin tus plegarias no hubieran nacido.

Narada creyó estar soñando. Imaginó por un momento que el marido había muerto y ella se había vuelto a casar. Pero sabía lo improbable que es que una viuda contraiga otra vez matrimonio.

Mientras él se perdía en conjeturas, el marido franqueó el umbral de la casa. Seguía siendo el mismo hombre, devoto de Vishnú, que había ido a verle varios años antes con su esposa. Narada fue recibido con devoción por aquella buena gente. Cenó con ellos y, cuando partió, todos le tocaron humildemente los pies.

Él se fue derecho hasta Vishnú:

—Señor, ¡estoy indignado! ¿Cómo has podido mentir?

—¿Mentir? A ver, Narada, aclárate. ¿De qué te quejas?

—Acuérdate, Señor, de que hace algunos años vine a pedirte que concedieras por fin un hijo a una pareja de devotos tuyos de los más sinceros. Me contestaste que el destino de aquel hombre y aquella mujer no era el ser padres, que no tendrían hijos en esta vida. Acabo de salir de su casa y ¡son padres de tres hermosos hijos!

Vishnú rió.

—Seguro que ha sido la bendición de un santo. Su destino era, en efecto, el que yo te dije, pero también es verdad que una oración pura puede desviar de un ser una flecha imparable. ¿No sabías, Narada, que sólo los santos pueden modificar el destino? ¿Has olvidado que les diste tu bendición?

5
Sati[1]

Salila era viuda y no había tenido hijos. Cuando atravesaba el pueblo, su velo blanco apartaba a las mujeres. Temían a la suerte que la había golpeado con dureza, e imaginaban que su destino podía alcanzarlas como una araña voraz, que abandona su presa agotada para alimentarse de nuevas carnes plenas. Los hombres bajaban los ojos, la llamaban «madre», a ella cuyo sufrimiento era precisamente no serlo. Ninguno quería ver su rostro tan joven, su cuerpo jugoso, su vida ardiente, ya que no habrían podido casarse con ella sin contaminarse gravemente. Preferían no saber, no mirar, no ver.

Salila perturbaba: estaba viva cuando su vida había terminado. ¿Por qué no se había arrojado a las llamas de la pira funeraria de su esposo? No había podido, ni querido. ¿Por qué iba a morir ella, tan joven, casada con un viejo porque él había aceptado sin dote su belleza adolescente? ¿El matrimonio no era nada más que ese regateo?

Niña aún, apenas núbil, fue empujada fuera del hogar familiar, adornada con pesadas joyas que rasgaron sus orejas y desgarraron su cuello. La vistieron con tantas capas de velo y de seda rojos que casi se asfixia. Mil guirnaldas doradas recubrían su miedo de chiquilla. Lloró, sollozó bajo las miradas y los movimientos de cabeza satisfechos. Nadie vino a tenderle la mano, a decirle: «Ven, se acabó, no llores más». Mientras

1. Sacrificio de la viuda en la pira funeraria de su difunto esposo.

31

las manos grasientas hacían circular sabrosas albóndigas y las barbillas goteaban aceite o azúcar, la recién casada lloraba sobre su trono de un día, el marido dormitaba sobre el suyo. Según la opinión de todos, la fiesta había sido un éxito.

No tenía elección. Se quedó, pues, sentada ante el fuego ritual, dejó que el hombre tomara su mano y dio, sonámbula, los siete pasos alrededor del fuego. Después, su viejo marido se la llevó, la desnudó febrilmente y, sin una palabra, sin ternura, desgarró su cuerpo con un ardor insufrible.

Había buscado refugio en la cocina, y cumplido con las tareas domésticas en silencio, intentando ser invisible. Pero, al caer la noche, él volvía, sin dejarle nunca tiempo para quitarse el sari[2], sin dejarle a ella ningún espacio, ni siquiera el interior de su cuerpo.

Después se debilitó, la enfermedad se apoderó de él, le contuvo, y las noches se hicieron soportables. En el pueblo decían que ella le había matado, que ella era demasiado joven, y él demasiado viejo, que la violencia de sus impulsos adolescentes había consumido la energía de su esposo. Ella no respondía. Ahora sabía que ser mujer es quedarse en silencio.

Cuando el cuerpo, que hasta muerto le espantaba, abandonó la casa, todas las miradas se volvieron hacia ella, esperando que desapareciera heroicamente en las llamas de la pira funeraria, que aceptara morir para justificar sus decisiones, que diera un sentido a lo que ellos llamaban matrimonio. Rehusó. La zarandearon, la insultaron, la rechazaron, pero ella se aferró a la vida. Corrió hasta la casa de su infancia, creyendo que allí encontraría refugio, esperando salir de la pesadilla que vivía. La puerta continuó cerrada y la voz de su padre la rechazó:

–¡Vete y no vuelvas nunca! Tú ya no eres nuestra hija, eres su mujer. Tu rechazo a seguirle es nuestra vergüenza. ¡Desaparece de nuestra vida!

2. Vestido típico de las mujeres indias.

Regresó a la casa que llamaban suya. Los hermanos de su marido la expulsaron a pedradas.

—¡Esposa indigna! ¡No pongas más los pies aquí!

Como no sabía adónde ir, construyó una choza a la salida del pueblo. Un intocable aceptó emplearla para recoger boñigas de vaca, que mezclaba con paja y ponía a secar al sol. El hombre se ganaba la vida vendiéndolas como combustible para los hornos de las casas. Algunos temían que el contacto con Salila contaminara las boñigas, pero el brahmán[3] les tranquilizó decretando que el fuego purificaría la posible polución. Salila pudo continuar su tarea y alimentarse. Quiso dar las gracias al brahmán, inclinarse ante él. Él escupió ante sus pies desnudos.

Nadie volvió a mirar a Salila, ni siquiera su patrón intocable. Su deseo de vivir era una falta tan grave que él también prefería mantenerse al margen de tal destino. A veces, ella pensaba que hubiera sido mejor arder con su marido, antes que tener que vivir como un fantasma solitario y doliente. Cuando las noches eran demasiado largas, demasiado silenciosas, se deslizaba lentamente al borde del río. Contemplaba sus remolinos e imaginaba que sumergirse en ellos la libraría de sus penas. Pero había oído decir, de pequeña, que el suicidio conducía sin remedio a una reencarnación terrible. «Quién sabe —se decía—. ¿No seré yo un alma suicida que ahora paga su falta? ¿Cómo voy a arriesgarme a una próxima reencarnación peor que ésta? ¿Es que existe algo peor? Sí, sin duda, ya que tengo la oportunidad de alimentarme, y no necesito mendigar ni vender este cuerpo doliente para vivir». Estremeciéndose de horror ante el pensamiento de lo peor, temblando con la brisa húmeda de la mañana, regresaba. Olvidaba comer, y volvía a recoger las boñigas, con el cuerpo encogido, fuera de la mirada de los bienaventurados. La noche la devolvía a su choza, donde se desmoronaba de

---

3. Miembro de la primera de las cuatro castas tradicionales de la India; estudioso de las Escrituras, desempeña también funciones rituales.

cansancio, cuando no permanecía con los ojos abiertos, incapaz de dormir. Entonces reemprendía su caminar errante.

Aquella noche, a la orilla del río, caminaba también un extranjero. Su piel era tan oscura que tenía reflejos azules. Posó su mirada profunda sobre Salila y se atrevió a sonreír. Ella se sonrojó, palideció, bajó los ojos, encogió los hombros, deslizó el faldón del sari hasta taparse la cara y corrió a su chabola. La jornada siguiente fue liviana. Salila no se atrevió a cantar pero, del fondo de su memoria, le llegaron las melodías de su infancia. La noche volvió deprisa, al final de un día sin sufrimiento. Cuando por la tarde colocó ante ella la hoja de banano, adornada con un poco de arroz y unos pimientos molidos con nuez de coco, se asombró de que su corazón estuviera abierto. Volvió a ver el rostro sonriente y descubrió que era feliz porque había existido durante un instante.

Al día siguiente, por la mañana temprano, se fue junto al río, esperando tropezarse con la sonrisa del extranjero. No encontró a nadie. Regresó todos los días, tarde y mañana, pero no volvió a verle nunca más. Una mañana, desbordante de esperanza de vida, se dejó caer sobre una lisa piedra. «¿Voy a quedarme aquí, en este pueblo donde seré siempre la viuda que no realizó el tan venerado *sati*?», se atrevió a pensar. Volvió a su chabola, recogió sus harapos, prendió fuego a la paja trenzada y permaneció un momento contemplando cómo ardía su pasado. Luego miró al horizonte y se marchó con paso decidido.

Iba a Vrindavan, la ciudad de las viudas, donde Krishna[4] las protege, donde se sienten un poco menos solas por estar juntas. Por el camino mendigaba su vida. Unos daban a la viuda; otros, a la belleza; muchos evitaban verla. Tenía la costumbre de ser transparente. Alimentaba la esperanza de que Krishna le cogiera de la mano.

---

4. La suprema personalidad de Dios, que aparece en su forma original de dos brazos, origen de todas las demás formas y encarnaciones del Señor; maestro de la Bhagavad Gita.

Una mañana le vio de nuevo. Parecía cansado. Sus miradas se cruzaron, él le sonrió, ella le sonrió y le contempló embelesada. Después se atrevió a acercarse a él:

–¿Quién eres? ¿Cuál es tu nombre? ¿De dónde eres?

La miró amablemente, le sonrió una vez más, pero no contestó: era de otro lugar y parecía no entender su lengua. Ella bajó la cabeza y dijo, señalando su cuerpo:

–Me llaman Salila: «lágrima».

La saludó de una manera extraña, sin duda la manera de su país. Pero en su gesto había respeto, quizá también ternura. Una oleada de vida la recorrió. Y cada uno siguió su camino.

Al día siguiente, se acercó al río para lavar su cuerpo y sus harapos. Él estaba allí, temblando de fiebre. Ella se aproximó con un cuenco de agua, mojó el faldón de su andrajoso vestido para refrescarle la frente y le hizo beber. Él sonrió de nuevo, tomó su mano, murmuró «Salila» y, a la luz del amanecer, se durmió para siempre.

Ella permaneció largo tiempo a la orilla del río. Con la cabeza del hombre sonriente colocada sobre sus rodillas, con su mano asida, le cantaba las canciones de su infancia. Una flauta cercana parecía acompañar su voz. Cuando el sol se volvió ardiente, se levantó decidida, fue a recoger leña, corrió a comprar un poco de aceite con las monedillas que le quedaban, tomó un baño, rezó junto a él, apiló la leña, encendió el fuego. Entonces, con una sonrisa en los labios, se tendió a su lado, en la luz.

6
El papagayo

En una jaula grande y hermosa, vivía un magnífico papagayo. Había sido comprado en un mercado persa por su dueño, un comerciante de Cachemira. Toda la familia estaba orgullosa del papagayo, que hablaba admirablemente bien. El amo, su esposa y sus hijos lo querían mucho, presumían de él y lo invitaban a sus fiestas.

El papagayo, sin embargo, desconocía la felicidad. Estaba prisionero lejos de los suyos. Trató de explicar lo desgraciado que era, pero le respondieron trayéndole manjares excelentes y esos extraños juguetes que les gustan a los humanos. Le aturdieron con caricias y palabras bonitas, pero nadie abrió la jaula. Él no pensaba más que en liberarse pero no sabía cómo. Se había hecho amigo de un adolescente, esclavo y desgraciado como él: el amo lo había comprado a sus miserables padres.

Unos días antes de partir hacia Persia, el secretario del amo cayó enfermo y decidieron a toda prisa que el adolescente acompañara a su patrón. Entonces, el papagayo llamó su atención, le pidió que se acercara a la jaula lo más posible y, con gran sigilo, murmuró:

—Cuando estés allí, en Persia, ve, te lo ruego, al bosque y cuéntales a los míos dónde vivo. Háblales de mi tristeza, descríbeles mi jaula y pídeles consejo y auxilio. A la vuelta, prométeme que me dirás su respuesta, cualquiera que sea, tú que sufres una suerte parecida.

El adolescente asintió con la cabeza.

–Sí, iré, te lo prometo. ¡A mí me gustaría tanto poder enviar noticias y recibirlas de los míos!

El viaje fue largo. El joven, que desconocía el mundo, se emocionó y apasionó al descubrir sus bellezas. Sin embargo, no olvidó la promesa que había hecho al papagayo. En cuanto pudo, fue a un bosque, levantó la cabeza hacia las cimas de los árboles y el arco iris de plumas, contó las desgracias del hermano lejano e intentó comprender los consejos que los suyos podían darle. Tres papagayos cayeron muertos a sus pies. Él se sobresaltó. «La emoción –se dijo– y, sin duda, la pena, han matado a estos ancianos». Pero no recibió ningún consejo que transmitir, nada más que noticias del bosque.

A su regreso de Persia, el adolescente fue a contar al papagayo su visita a los grandes árboles y transmitió las noticias oídas.

–Temo entristecerte –añadió–, pero debo decirte que, cuando hablé de ti, murieron tres ancianos.

–¿Murieron? ¿Cómo ocurrió?

–Les hablé de ti, les di noticias tuyas, les pregunté si tenían algún consejo que darte, y los tres papagayos cayeron muertos al suelo. Probablemente por la conmoción del duelo, nadie ofreció consejo. Los tuyos no supieron confiarme más que algunas noticias.

–¡Muchísimas gracias! Veo que has cumplido escrupulosamente tu misión. ¡No te desanimes, ama la libertad y la libertad te amará!

En cuanto se marchó el adolescente, el papagayo cayó de su percha con el pico abierto, los ojos cerrados y las patas replegadas sobre su vientre multicolor.

El sirviente que lo descubrió en este estado llamó al amo, que acudió corriendo, cogió al pájaro entre sus manos, sopló sobre sus plumas y vertió algunas gotas de agua en su pico. No consiguió nada, el papagayo no dio ningún signo de vida. Entonces el hombre, llorando, lo depositó sobre un montón de hojas dispuestas para ser quemadas, mientras murmuraba una oración fúnebre.

Apenas había tocado el papagayo las hojas cuando, en el mismo instante en que las manos se abrieron, batió las alas y salió volando, llevado por el viento que soplaba hacia Persia.

7

Yo llevo

—¡Quien copió este texto cometió un error! —exclamó Niranjan, que estudiaba las Escrituras bajo un árbol del jardín.

Niranjan era un *pandit*, un sabio capaz de recitar los Vedas[1] durante horas y de discutir sobre ellos largamente con otros letrados. Como brahmán, oficiaba en varios pueblos de los alrededores, realizando los ritos con sincera devoción. Poseía la rara virtud de no tener en cuenta la fortuna de la gente, y rezaba lo mismo por aldeanos pobres que por donantes ricos.

Aquella mañana, como todos los días, bajó al río con Prema, su esposa. Los dos se bañaron en el exiguo hilillo de agua que había sobrevivido al tórrido verano y volvieron a casa, levantando con sus pasos el polvo del camino. Niranjan encendió las lámparas del altar familiar y ofreció el incienso mientras recitaba las oraciones. A la vez que recitaba, agitó la campanilla, saludó con las manos juntas, dispuso las tres hojas de albahaca rituales, asperjó con agua bendita el altar, su cabeza y la de su esposa, puso con cariño pasta de sándalo sobre la frente del ídolo, ofreció la única flor que había podido encontrar por la sequía y el último puñado de arroz de la casa. Sus manos recibieron el fuego que deja rastro y el que lo consume todo, y después pusieron con cuidado el altar en su sitio hasta la tarde.

1. Nombre de las escrituras védicas tomadas en conjunto. En el sentido más estricto se refiere a las cuatro escrituras originales: El *Rag Veda*, el *Yajur Veda*, el *Sama Veda* y el *Atharva Veda*.

Salieron de nuevo al jardín, guiñando los ojos por la fuerte luz. Niranjan transportó dulcemente el gran manuscrito a la sombra del árbol para estudiar y Prema cogió un taburete de paja y bambú para secar sus largos cabellos negros al sol de la mañana, delante de la casa.

—¡Quien copió este texto cometió un error! —repitió él, señalando con el índice las líneas equivocadas.

Con tranquilidad, pero para que supiera que ella estaba escuchando aunque no dejara de entretejer sus largas trenzas, Prema contestó:

—¿De veras?

Sabía que él empezaría un interminable discurso del que ella no comprendería gran cosa, pero necesitaba expresar su pensamiento para clarificarlo.

—¡Mira! —siguió, sin esperar a que ella se levantara para verlo—. Ha escrito: «Las personas que meditan acerca de Mí como no separado me adoran en todas las cosas. Yo les llevo con celo lo que les falta y protejo lo que tienen».

—Sí, ¿y qué? —dijo ella.

—Dios mismo no lleva, sino que concede, da. ¡El escriba transcribió «vahâmi» en lugar de «dadâmi»!

Ella se quedó un momento en silencio y luego aventuró tímidamente:

—Yo creo que él es capaz de llevar, si así lo desea.

Niranjan suspiró.

—Pero mujer, piensa. ¿Cómo podría llevar lo que les falta a todos los que tienen hambre, sed o dolor? No, no, él concede y eso ya es magnífico. Mira, nosotros rezamos para que nos concediera un hermoso niño y el niño nació, ¡pero no llegó por la puerta en brazos del Señor!

—¡Pero qué niño tan hermoso! —respondió Prema, alegre—. ¡Es tan dulce, tan dorado! Y su risa… ¿has visto cómo se ríe?

—Por supuesto, he visto eso y mucho más. Pero trata de comprender. Un rey al que tú diriges una petición no viene en persona a entregarte lo que le has solicitado. ¿Krishna le trajo un palacio a Vidura[2] o se lo concedió? A Dios le basta pensar y desear, ¡la acción se realiza sin que él se mueva!

–Seguramente, seguramente –dijo Prema, entrando a toda prisa en la casa para evitar una avalancha de ejemplos y poder ocuparse de la comida.

Cogió una cacerola y vertió en ella una taza de agua para cocer el puñado de arroz que él había consagrado por la mañana sobre el altar familiar. La despensa estaba vacía, esos pocos granos eran los últimos. Avivó el fuego y sacó la cabeza por la puerta:

–No sé de dónde sacas energías para estudiar en la actual situación. ¿No podrías rezar para que cayera la lluvia? El hambre se extiende por todas partes. En lo que a nosotros concierne, éste es nuestro último cuenco de arroz y no sé cuándo llegará el siguiente.

–Yo rezo, suplico incluso, pero no basta con pedir, hace falta que el Señor estime justificada nuestra petición.

–¿Podría no estar justificado querer sencillamente alimentarse?

–Quizá tengamos que morir…

Prefirió inclinarse de nuevo sobre el texto y no continuar hablando del hambre y la muerte tan cercanas. Ella bajó la cabeza, preocupada.

–¡Tráeme la tinta y la pluma, tengo que corregir esto!

El suelo ardía y tuvo que correr para llegar bajo el árbol.

–Nadie debería permitirse modificar los textos santos. Cada palabra tiene un sentido, ¡«dâdami» no es «vâhami»!

Cogió la pluma, tachó con presteza «vâhami» y escribió aplicadamente «dâdami» en el margen. Prema sintió que su corazón se consumía y se volvía pesado. A lo mejor no habría debido correr con el calor que hacía. Intentó volver sin

2. Amigo del dios Krishna.

43

prisa hacia la casa, pero sus pies salieron volando sobre los ardientes guijarros.

Cuando el arroz estuvo listo, llamó a Niranjan. Él bendijo la comida con la mano derecha, rociando con menudas gotas de agua la hoja de banano y el puñado de arroz, del que hizo tres bolas. Puso una sobre el altar, la segunda en la mano de Prema que se hallaba de pie junto a él y la tercera en su boca. La masticó lentamente para aprovechar toda la energía posible y, cuando terminó la comida, se lavó la mano, dio gracias a Dios y se dispuso a partir.

—¿Adónde vas?

—Voy a preguntar a los más ricos del pueblo si les queda un poco de arroz para su sacerdote. Ves, Prema: si el Señor quiere ayudarnos, ablandará su corazón para que den algo de sus reservas. ¡Pero no esperes verle llamar a la puerta con un cesto sobre la cabeza!

Le sonrió amablemente y le acarició la mejilla. Cuando salía, Prema tomó con los dedos unas gotas de agua de un cántaro y se las echó a Niranjan en el lóbulo de las orejas y bajo el corazón para refrescarle, aunque no fuera más que un momento, del aire abrasador que aplastaba el camino. Él se fue, y a la luz su cuerpo parecía partirse en la tórrida vibración. Con él y bajo el sol, todo el paisaje de alrededor se veía como a rayas.

Prema se refugió a la sombra, con el corazón todavía pesado y consumido en un largo sollozo de despecho amoroso. Siempre había imaginado que el Señor estaba tan cerca de ella como ella de él. A menudo iba al templo a llevar frutos, flores e incienso. Siempre había creído que él acudiría a ella si estaba en dificultades y le daría lo que necesitaba. Descubrirle tan lejano era más doloroso que el hambre que la atenazaba. Se tumbó al lado del niño, que dormitaba, agobiado por el calor. La cabeza le daba vueltas y su cuerpo hambriento se negaba a moverse en ese horno inhumano. Notó el profundo silencio que reinaba: ningún insecto zumbaba, ningún pájaro silbaba y el mundo parecía anestesiado.

Mientras divagaba y se sentía flotar, le pareció oír un canto en la lejanía. «¿Quién tendrá fuerzas para cantar con este tiempo?» pensó, y cayó por un momento en un sopor del que la sacó el canto, de pronto muy cerca. Tan cerca que distinguió, bajo los pasos del cantor, el crujido de la grava delante la casa. Se incorporó con dificultad. El canto que ahora continuaba ante su puerta la refrescaba. Reunió sus fuerzas, se levantó y fue a ver quién cantaba de forma tan deliciosa. Un guapo adolescente desconocido aguardaba ante la puerta y le sonrió:

–Buenos días, madre. ¿Dónde dejo esto? –preguntó, señalando el ancho cesto que llevaba en la cabeza.

–¿Qué es eso? ¿Quién te envía?

–Son legumbres y arroz que tu esposo me ha pedido que te traiga.

Ella se quedó maravillada, juntó las manos, y después, haciéndose a un lado para dejarle pasar por la puerta, le pidió que dejara todo en la casa, a la sombra. Él franqueó la puerta y se inclinó para descargar la cesta. Entonces ella vio el tajo que atravesaba su espalda, que aún sangraba. Estaba claro que acababa de recibir un terrible latigazo. Con la boca temblorosa y los ojos llenos de lágrimas, Prema extendió un dedo hacia la herida púrpura. «¿Quién habrá podido golpear con tanta dureza a un joven capaz de cantar bajo el sol a pesar de su herida?», pensó. Tenía que enterarse.

–¿Quién se ha atrevido a hacer eso?

–¿A hacer qué, madre?

–Esa herida, en tu espalda.

–¡Ha sido tu esposo, madre!

Ella se apoyó contra el muro, sin aliento, con los ojos desorbitados y enloquecidos, y balbució:

–Oh, no, es imposible, ¡es un hombre tan bueno!

–Y sin embargo, ha sido él –afirmó tranquilamente.

Entonces ella miró la cesta, las legumbres y las magníficas frutas que desbordaban, y se imaginó de pronto a su desdichado esposo andando, con el vientre hambriento, bajo el sol inexorable. «Sin duda –se dijo– se ha cruzado con el muchacho cargado con este deseable fardo, ha perdido el juicio y ha obligado al chico a venir aquí en lugar de a la casa donde le esperaban». Se inclinó, recogió las legumbres que habían caído al suelo y quiso recoger el cesto, devolverlo y desembarazarse de él.

–¿Podrás perdonarle algún día? –dijo–. Tenía demasiada hambre y demasiado miedo por mí y por el niño, me imagino. Vuelve a coger lo tuyo y entrégalo donde lo esperan.

Y bajando la cabeza y sonrojándose, añadió:

–Gracias. Gracias por tu canto.

Él la miró con una ternura y una comprensión infinitas. Su sonrisa seguía allí. Parecía que no existían dolor ni cólera capaces de atravesarle.

–Guarda el cesto todo entero, madre, de veras es para ti.

Todo en su actitud manifestaba que decía la verdad, que era incapaz de mentir. Sus ojos parecían reír. La saludó con las manos juntas, diciendo:

–Quédate en paz.

De inmediato descendió sobre ella una gran paz y su corazón se volvió transparente. El reemprendió el camino, cantando. La invadió una enorme frescura, y una felicidad indecible manó de una fuente interior desconocida.

Cuando oyó crujir sobre la grava los pasos de Niranjan, salió a su encuentro. No tenía aspecto de un hombre a quien el calor ha vuelto loco. Estaba triste y cansado, pero ninguno de sus gestos indicaba crispación o violencia.

–No me han dado más que este cuenco de arroz. Los pobres están tan desprovistos como nosotros y los ricos tienen miedo y guardan lo que les queda. Sobreviviremos hasta mañana. Después…

–¡Pero si has mandado a ese chico con un cesto lleno de frutas y legumbres!

La contempló, incrédulo, y le corrieron lágrimas por las mejillas. «Mi pobre mujer delira –pensó–, es el calor y el hambre. Oh, Señor, sálvala». Al verle llorar, ella creyó que le daba vergüenza la herida infligida al guapo adolescente y estalló en sollozos.

–¿Cómo has podido cometer ese abominable crimen? ¡Un chico tan alegre, tan bueno, tan sonriente! ¿Por qué le has pegado? ¿Quién es? ¿De dónde venía? ¡Se diría que es un Dios!

Intentó refrescarla, apaciguarla, ayudarla a volver en sí. Entró en la casa, cogió una jarra y buscó un paño para mojarle las sienes. Entonces vio el cesto al lado de la puerta.

Se quedó petrificado de asombro y luego se inclinó y tocó suavemente los mangos, las berenjenas, las zanahorias. Las palabras giraban en su cabeza como un remolino: «Un chico tan guapo, tan sonriente… un cesto abundante… se diría que es un Dios… pegarle…». Dio un grito, medio de queja medio de alegría:

–¡Oh, Señor!

Se precipitó fuera, bajó el árbol, cogió el manuscrito y lo abrió por la página donde lo había dejado.

Con los ojos anegados en lágrimas, bailó locamente, se prosternó en el polvo, se incorporó maravillado, contempló a su esposa, la cogió por los hombros y la miró como si ella no tuviera más remedio que comprender.

–¡Era Él! ¡Era Él! –decía, llorando y riendo.

Prema estaba alarmada.

–¡Pobre marido mío, estás loco!

–¡Pues mira! ¡Mira!

La página del manuscrito donde por la mañana él había infligido una estría, antes de escribir «yo doy», no tenía ningún tachón.

—«Yo llevo» –murmuró Niranjan–. ¡Era Él!

Prema comprendió, cogió la mano de su esposo y la apretó muy fuerte, también llorando y riendo.

—¡Perdóname, Señor! –murmuró él.

Ella le condujo a la casa, le enseñó el cesto y le aseguró:

—¿No ves que ha perdonado?

8

Cuando llegue el momento

Todos los días, a la hora en que debía mendigar para sobrevivir, el monje atravesaba un pueblo a paso lento. Por todas partes, las mujeres llegaban, de buena gana, a depositar algo de comida en su cuenco y alguna moneda en su mano: parecía tan joven, tan refinado. Unas reaccionaban ante el adolescente como madres, otras como hermanas. Algunas percibían una sabiduría naciente bajo los rasgos todavía lisos y se acercaban a dejar flores a sus pies. Todas se conmovían ante su rostro sereno y su mirada tan decidida como tierna.

Siddharta Gautama permanecía impasible ante las muestras de devoción, porque sabía que las flores iban dirigidas a lo esencial en él, no al cuerpo que pasaba despacio, se paraba en silencio delante de cada puerta, esperaba el tiempo de una plegaria y luego seguía su camino. Le dieran o no una limosna, él se inclinaba siempre y daba las gracias por la ofrenda o por la lección de humildad.

Cuando entró en aquella ciudad, pasó bajo las ventanas de una cortesana magnífica, inteligente, artista y risueña. Sus formas y sus talentos le habían proporcionado una vida muy confortable. Sus amantes, para ser distinguidos o amados, rivalizaban en regalos suntuosos.

Allí estaba ella aquel día, asomada a la ventana. Observó pasar al joven monje, fino y armonioso, y envió a toda prisa a sus sirvientas a que le ofrecieran un cesto de apreciadas frutas de su jardín y le pidieran que fuera a verla. Pero él declinó la invitación:

—He renunciado a la comodidad de las casas y no frecuento la intimidad de las mujeres. Si vuestra ama quiere hablar conmigo, tendrá que salir de su palacio para que nos encontremos al aire libre.

Al oír la respuesta, la cortesana sonrió, y pensó que el monje era algo arisco. La respuesta le pareció, a la vez, impertinente, provocativa y lógica. Se encogió de hombros, y se alejó de la ventana para abandonarse a los cuidados expertos de la sirvienta, que venía a darle un largo masaje antes de trenzar un ramillete de jazmín en su espesa cabellera negra.

Al día siguiente, Siddharta Gautama pasó por segunda vez bajo las ventanas de la bella, que le vio, le envió sabrosos manjares y reiteró la invitación. Él continuó impasible, dio las gracias, se inclinó y se fue.

Puesto que había vuelto, ella sabía que lo haría una vez más: los monjes errantes pasan de largo o se conceden tres días de respiro antes de reemprender su camino incierto. Algo en su interior le decía que debía encontrarse con él. Anuló, pues, todas las citas del día siguiente, se vistió de forma modesta y se hizo llevar en palanquín a la plaza, poco antes del momento propicio para la mendicidad, al lugar en que el monje se había manifestado.

Él apareció al final del sendero, en la luz y el polvo del camino. Ella esperó a que estuviera ya en el pueblo para salir a su encuentro con los brazos cargados de regalos.

—Venerable, mi vida es diferente de la tuya pero mi corazón es sincero. Me gustaría ofrecerte un lugar donde reposar la cabeza, un abrigo para los días de monzón, una comida sana que facilite tu búsqueda. Piénsalo antes de rehusar. No tengas en cuenta lo que soy, porque no estarás obligado a vivir en mi palacio. Permíteme purificar mi karma[1] con esta obra piadosa. Ven, siento que esto es justo.

1. Energía derivada de los actos que condiciona cada una de las sucesivas reencarnaciones, hasta que se alcanza la perfección.

Siddharta la miró sonriente, sin manifestar ningún desprecio en su actitud, ni en sus ojos ni en sus palabras:

–Sí, vendré, pero no hoy. Vendré algún día.

–¿Cuándo?

–Si puedes, reza, enmienda tu vida. Tu ofrecimiento sincero mejora ya tu karma. Pero no me retengas ahora. Te prometo que volveré cuando llegue el momento.

Ella se inclinó ante él, él se inclinó ante ella, le agradeció sus ofrendas y reanudó su camino, puesto que habían transcurrido ya tres días.

Pasaron los años. La bella perdió primero un poco de su esplendor y, por tanto, de su clientela, y más tarde desarrolló la lepra. Entonces todos la rechazaron y la expulsaron del palacio y después de la ciudad, hacia los insalubres lugares donde vagan los enfermos, los moribundos, los intocables, los perros y los buitres. Y de esos lugares ya impuros fue empujada al basurero, pues la lepra la volvía odiosa a los más excluidos entre los excluidos.

Siddharta Gautama había estudiado con varios maestros, meditado en Bodh-Gaya bajo un pippal[2] y encontrado la verdad acerca del sufrimiento y el fin del sufrimiento. Numerosos monjes se habían hecho discípulos suyos. Enseñaba las cuatro verdades nobles y el camino óctuple para conocer el estado de Buda[3].

Aquel día, sin embargo, dejó a sus discípulos para caminar hasta un montón de basura donde yacía una pobre cosa inmunda, doliente, apartada de todos. Le llevó agua fresca, le hizo beber, lavó sus llagas y la puso sobre una alfombra de hojas que había preparado al pie de un árbol.

–¿Quién eres tú, que no temes la lepra?

–Recuerda que te prometí volver cuando fuera el momento.

2. Árbol sagrado, consagrado a la Trimurti (Shiva, Brahma, Vishnú).
3. Literalmente, iluminado.

–¿Entonces eres tú? En realidad, te esperaba. Ahora voy a morir y no sé qué vida futura me espera. Temo que sea terrible y ya entiendo lo que puede ser una vida de dolores.

–No temas, déjame cuidarte, a ti que quisiste aliviar mi búsqueda y reconociste al Buda antes de que encontrara la verdad acerca del sufrimiento y el fin del sufrimiento. He venido a curar tus llagas y a instruir tu corazón.

Se inclinó sobre ella y allí, bajo el árbol, le contó el gran secreto. Ella sacudió su cabeza magullada y brotaron lágrimas de las cavidades donde en otro tiempo habían brillado sus ojos resplandecientes. Todo su ser escuchaba. Cuando él terminó de hablar, una inmensa paz irradió del cuerpo espantoso al que comunicaba su enseñanza. Luego se prosternó, mientras de los labios de la mujer salía un último suspiro.

Aquellos que contemplaban a distancia la increíble escena, vieron cómo el cuerpo se volvía sublime antes de desaparecer con la bruma matinal.

Después, el Buda volvió junto a sus discípulos, y ninguno se atrevió a impedirle que abandonara ese lugar de exclusión del que nadie, antes que él, había regresado.

9
Compasión

Ramanuja, uno de los tres grandes maestros del Vedanta[1], era generoso. Miraba a todos los humanos por igual, ofrecía su atención a todos, hombres y mujeres, fueran de la casta que fueran, e incluso era afectuoso con los intocables. Escandalizaba a la gente de su tiempo.

Cuando todavía estaba buscando su camino, se acercó a un maestro, le pidió que le iniciara, y le ofreció una nuez de coco. El maestro, que reconoció un alma grande, cogió la nuez y la partió de un golpe seco. Así le dijo sin palabras que su mente se había roto y su ego podía salir. Después murmuró al oído del discípulo el mantra[2] sagrado.

–Repítelo con ternura, y con inteligencia por supuesto, con abandono y pasión y, sobre todo, con desapego. Este mantra es muy poderoso y te liberará sin falta de la ignorancia. Repítelo en secreto, guárdalo en el fondo de tu corazón y no se lo comuniques a nadie.

–¿Y por qué no puedo decirlo en voz alta, delante de la gente?

1. Es una filosofía enseñada en los Vedas, las escrituras más antiguas de la India. Su enseñanza básica es que nuestra verdadera naturaleza es divina. Dios, la realidad esencial, existe en todos los seres. La religión es, por lo tanto, la búsqueda del conocimiento personal del ser, una búsqueda de Dios dentro de nosotros.
2. Fórmula sagrada de extensión variable ofrecida a los discípulos afortunados que la repiten hasta la luz indecible.

–Porque, si lo divulgas, liberará a quien lo oiga mientras que tú continuarás errando en este mundo, lleno de ignorancia y de dolor.

Ramanuja dejó al maestro y trepó de inmediato al tejado del templo más alto. Desde allí llamó a la población con fuerte voz:

–Venid y escuchadme bien: el maestro me ha dado el mantra poderoso que salva con seguridad a aquel a quien se le transmite. Oídlo y repetidlo: «Aum namo narayana». ¿Lo habéis oído bien? «¡Aum namo narayana, Aum namo narayana!»

El maestro también lo había oído, evidentemente, y mandó llamar a Ramanuja. El discípulo acudió sin tardar.

–¿Por qué, a pesar de mi advertencia, has divulgado ese precioso mantra en la plaza pública? –le preguntó espantado.

–Estoy dispuesto a vivir todavía mil vidas de ignorancia y de dolor si aquellos a los que veo allí, en la plaza ante mí, se salvan todos desde esta vida –respondió apaciblemente el discípulo.

10
Injurias

El Buda enseñaba en todos los lugares por donde pasaba. Un día que hablaba en la plaza de un pueblo, fue un hombre a escucharle entre la multitud. Muy pronto, el oyente se puso a arder de envidia y de rabia. La santidad del Buda le exasperaba y, sin poder contenerse más, le insultó a gritos. El Buda permaneció impasible y el hombre amenazador abandonó la plaza.

A medida que avanzaba, a grandes zancadas, entre los arrozales, su cólera se iba apaciguando. El templo de su pueblo se veía ya grande por encima de los arrozales cuando se dio cuenta de que su cólera había nacido de los celos y de que había insultado a un sabio. Se sintió tan a disgusto que volvió sobre sus pasos, decidido a presentar sus excusas al Buda.

Cuando llegó a la plaza, donde la enseñanza continuaba, la multitud se hizo a un lado para dejarle pasar. La gente le vio regresar, incrédula. Hubo cruces de miradas y codazos para llamar la atención de los vecinos y un murmullo siguió sus pasos. Cuando estuvo lo bastante cerca, se prosternó y suplicó al Buda que le perdonara la violencia de sus palabras y la indecencia de su pensamiento.

El Buda, lleno de compasión, fue a levantarle.

–No tengo nada que perdonarte, yo no he recibido ni violencia ni indecencia.

–Sin embargo, yo he proferido injurias y graves groserías.

–¿Qué haces si alguien te tiende un objeto que tú no empleas o que no deseas aceptar?

–No extiendo la mano y no lo tomo, desde luego.

–¿Y qué hace el dador?

–A fe mía, ¿qué puede hacer? Se guarda su objeto.

–Por eso, sin duda, es por lo que pareces sufrir las injurias y groserías que has proferido. En cuanto a mí, tranquilízate, no me han afectado. La violencia que dabas, no había nadie para recibirla.

11
Está bien

Cuando la madre de Chandra tuvo que anunciar a su esposo que su hija estaba encinta y que se empeñaba en no revelar el nombre del padre de la criatura, todo el pueblo se enteró. Gritos y gemidos, ruido de golpes y súplicas invadieron el aire en calma y las ventanas abiertas. Se oyeron sollozos a borbotones, preguntas furibundas, respuestas inaudibles y después un gran silencio, roto por una exclamación:

–¡No! ¡Qué infamia!

Poco después salieron todos de la casa deshonrada: el furioso padre, delante; la hija embarazada, en medio; y detrás la madre, escondida tras el faldón de su sari. Tomaron el camino de la gruta donde vivía un asceta, apartado del pueblo.

A la entrada de la gruta cubierta de maleza, el padre insultó al viejo solitario que había osado romper su voto de castidad para gozar sin vergüenza de la inocente, cargada ahora con el fruto de sus extravíos. El asceta le escuchó sin mover ni un dedo del pie del cojín de hierbas sagradas sobre el que se encontraba.

–¡Ay! –dijo el padre–, debíamos haberte echado del pueblo cuando desapareció la bolsa del tendero, justo cuando, supuestamente, estabas dedicado a mendigar. Pero tuvimos la debilidad de creer que un asceta no podía cometer tales fechorías. Puesto que, además de ser un ladrón, has deshonrado a esta muchacha y a nuestra familia, tendrás que recibirla a tu lado. Y, desde luego, ¡no cuentes conmigo para mantener tu hogar!

—Está bien —dijo el asceta.

Chandra se quedó de pie ante él, con la cabeza baja, mientras sus padres se alejaban a paso ligero. Tras las ventanas y las puertas entreabiertas, todos observaron el regreso de los padres sin su hija. Ellos, humillados, cerraron de un portazo.

Chandra permaneció junto al asceta, que, sin decir palabra, la dejó instalarse al fondo de la gruta y colocó su cojín a una respetuosa distancia. La vida reanudó su apacible curso. No obstante, él cogió un cuenco más grande para mendigar su pitanza cotidiana, ya que ahora tenía una nueva boca que alimentar. Los aldeanos, escandalizados de su audacia, le dieron con la puerta en las narices y sus recaudaciones fueron más exiguas que nunca.

El tendero desvalijado, advertido por los padres de Chandra de que el asceta no había puesto en duda la acusación de hurto, fue sin tardar a reclamarle las rupias que le habían sido robadas.

—Está bien, aquí las tienes —dijo el asceta.

Y le entregó todo lo que contenía su delgada bolsa.

Cuando dio a luz, Chandra desapareció, dejando al niño con el asceta. Él se limitó a decir:

—Está bien, yo me ocuparé de ti.

Después cogió dos cuencos, uno para su comida y otro para la del niño, y marchó al pueblo a mendigar como todos los días. Las viejas y las madres, preocupadas por el niño, se deslizaron furtivamente fuera para darle, a toda prisa, un poco de leche, antes de que los vecinos las vieran y se lo impidieran.

En el pueblo vecino fue detenido un ladrón de bolsas, que no era precisamente primerizo. La bolsa del tendero se hallaba, vacía por supuesto, entre las que fueron recuperadas entre su equipaje. El tendero, avergonzado, fue a reembolsar al asceta y a presentarle sus excusas.

—Está bien —dijo el viejo—, guarda este dinero, es tuyo. Yo no recupero nunca mis regalos.

El niño empezaba a tenerse sentado, cuando Chandra regresó con el padre de la criatura, un joven que había partido a estudiar lejos del pueblo sin saber nada de su paternidad. Cuando vio a Chandra en el umbral de la habitación en la que vivía, se regocijó, porque la amaba. Ella le contó lo que acababa de vivir y él decidió inmediatamente desposarla. Primero aprobó sus exámenes, para ser del agrado de sus suegros, y ahora venía con ella a recuperar a su hijo. Chandra se prosternó a los pies del asceta:

–Perdóname por haber osado decir que el niño era tuyo. ¡Estaba tan desesperada y tan asustada ante la furia de mi padre! Como tú ya tenías mala reputación en el pueblo después de la desaparición de la bolsa, me era fácil hacer creer que me habías deshonrado y que yo era inocente de alguna manera.

–Está bien, comprendo –respondió el asceta.

Bendijo al niño y se lo entregó a sus padres sin más comentario.

Los padres de Chandra, terriblemente avergonzados de haber creído a su hija y haber insultado indebidamente a un asceta, fueron a rogarle que les perdonara y le colmaron de regalos de todas clases. Él se limitó a decir:

–Está bien, gracias.

Una chiquilla que había seguido todo el asunto, fue a interrogar al asceta:

–¿Por qué dejaste a los vecinos que te cubrieran de mentiras, y por qué respondiste siempre: «Está bien»?

–Mira, Krishna –dijo–: «El sabio no puede regocijarse por una conjetura agradable, ni asustarse y agitarse por una conjetura desagradable». Todo lo que nos sucede es una ocasión para progresar, un regalo de Dios, una puerta abierta a una libertad cada vez más amplia. Honor, deshonor, injusticia, equidad, adoración o rechazo, todo esto no es más que juego de lo divino, olas sobre el agua que no modifican en nada la realidad del océano. No te preocupes nunca por las apariencias, sábete quién eres de Verdad y permanece Eso.

12
¿Qué ves?

A orillas del Yamuna había dos chozas hechas de ramas, en una de las cuales vivía una santa y en la otra enseñaba un asceta. El río les separaba. Para evitar cometer ninguna impureza, con la mirada o con el pensamiento, habían convenido, muchos años atrás, cuando se encontraron por primera vez, que ella se bañaría a la salida del sol y él, al atardecer. A lo largo de los años ninguno de los dos había faltado a su compromiso.

Pero una mañana la santa, al meditar, entró en un éxtasis tal que el tiempo se desvaneció. Cuando por fin volvió a este mundo, constató que la luz seguía siendo la de la mañana y se dirigió hacia el río para realizar sus abluciones. Ya se había sumergido en la corriente y soltado sus cabellos para lavárselos, cuando vio que llegaba el asceta a la orilla opuesta. No era el alba sino la puesta de sol. Había pasado el día sin que ella se diera cuenta. Para no romper su promesa, salió del agua y comenzó a alejarse. Entonces oyó al asceta que mascullaba tras ella:

–Madre, ¿no te da vergüenza?

Ella se dio la vuelta. Su sari empapado moldeaba un cuerpo cansado por los años. Respondió, tranquila y directa:

–¿Vergüenza, a mí? No. Si esperas vergüenza, es que la conoces. Está en ti, pobre hombre.

Él ya sabía que no era un sabio, y que aquellos que venían a él convencidos de que lo era, se equivocaban. Pero ¿cómo había podido ella, en un instante, adivinar su miseria, cuando no se habían vuelto a ver desde hacía años?

–Madre, ¿por qué me acusas?

–¿Qué ves?

–Un cuerpo de mujer al que se pegan unas telas.

–Humo de apariencias. ¡Mira! En realidad sólo existe el Uno, ni varón ni hembra.

Desapareció de repente, y en la orilla no quedaron más que dos charcos de agua gris, allí donde se habían posado sus pies desnudos. Él se quedó perplejo un momento, y después decidió abandonar su choza y sus ilusiones de sabiduría. Despidió a sus discípulos, cruzó el río y se acercó a la cabaña para intentar estudiar junto a la santa, pero nadie respondió a su llamada. Preguntó por ella a los campesinos del pueblo vecino, que le dijeron que nadie había vivido nunca en la choza que él describía. Le miraban con extrañeza y se apartaban de él, diciendo:

–Si se te ha aparecido alguien, y no estás confundido, será un demonio o un dios.

Partió lejos de allí, a establecerse a orillas del Ganges, donde meditó, solo y con sinceridad, sin buscar saber ni poder ni gloria, sino únicamente la Verdad. Al cabo del tiempo, los aldeanos vecinos le tomaron afecto por su sencillez. Por ello, cuando después de unas lluvias torrenciales el río creció y temieron una inundación, fueron a prevenirle y le rogaron que abandonara su choza a la orilla del agua y se marchara a una casa del pueblo hasta que el río se amansara.

–No tengáis miedo –respondió él, con total confianza–. Rezaré al Señor y él me protegerá.

Y se quedó allí, sin cambiar en nada sus costumbres.

El agua siguió subiendo hasta justo delante de la choza, y las olas salpicaban el umbral de la modesta vivienda. Los aldeanos acudieron de nuevo:

–¡Ven con nosotros, hombre santo! ¡No para de llover y corres peligro de ahogarte!

–¡No os preocupéis más! ¡Veréis cómo el Señor no abandona a sus hijos!

Y, a pesar de su insistencia, reanudó la meditación, con los pies en el agua y la cabeza en las nubes. Al día siguiente, cuando el agua penetró en la choza, trepó al tejado y se sentó, rezando a Dios ardientemente. Una barca atracó junto al muro mojado:

–Si quieres seguir con vida, ¡ven a un lugar seco sobre la colina, date prisa!

–¡Hombres de poca fe! –suspiró, antes de volver a sus oraciones.

El agua subió hasta el tejado, le acarició los tobillos, le rodeó el talle, le llegó al cuello. Entonces pasó una barca, arrastrada por la furiosa corriente, y el barquero le lanzó una cuerda para que pudiera agarrarse y reunirse con los pasajeros.

–Continúa tu camino, buen hombre, Dios te bendiga por tu buena acción. Él es quien me sostiene y no temo nada.

El agua sumergió su boca y su nariz, y la casa se hundió bajo sus pies.

Al salir del túnel de la muerte, en el umbral del otro mundo, se encontró ante el dios Vishnú en persona.

–¡Ah! –se rebeló–. Yo recé, tú me respondiste que acudías, y aquí estoy, muerto. ¿Así es como me proteges? ¿Por qué me engañaste?

–Acudí varias veces.

–¡Mentira! ¡Ni te vi ni te oí!

–Los hombres que te ofrecieron refugio en su casa, las barcas y el barquero a quien rehusaste oír, ¿quiénes eran sino yo? ¡Te tendí la mano tres veces y la rechazaste!

El asceta se quedó mudo. Volvió a contemplar, como a la luz de un relámpago, a la santa, los aldeanos, el río crecido, el dios Vishnú, sombras que bailaban en el fondo de su memoria. Sus ilusiones se disiparon como el humo en el aire de la tarde.

–No soy nada –dijo.

Y ya no vio, ni oyó, ni fue nada más que Lo que Es.

Dicen que, a la orilla del río, se baña un sabio al atardecer, y que sólo le distinguen de la bruma los seres en camino hacia el Absoluto. A ellos les habla y les pregunta:

–¿Qué ves?

13
Ganesha

Cuentan que un día Parvati, la bella y casta esposa del dios Shiva, decidió darse un baño en ausencia de su esposo. Vacilaba, sin embargo, en desnudarse, ya que podía entrar alguien de improviso en sus habitaciones y sorprender su intimidad. Para protegerse, concibió un guardián capaz de mantener alejados a los intrusos.

A base de su sudor, perfumado con la pasta de sándalo con la que se acicalaba, modeló un cuerpo de oro rojo, con un ancho pecho, y le insufló una gran determinación.

–Te nombro «Señor de los obstáculos» –le dijo–. Pase lo que pase, que nadie entre en mi residencia si no le invito yo.

«Señor de los obstáculos» se inclinó a los pies de la diosa madre y luego se apostó con resolución delante de la puerta.

Mil seres, que soñaban con contemplar el divino cuerpo, con gustar de la inefable intimidad sin ser invitados, intentaron acercarse o forzar la puerta. Pero todos fueron rechazados.

De repente, apareció el propio Shiva, exigiendo:

–Abre la puerta, voy a reunirme con mi esposa.

Aquel asceta salvaje, desgreñado y embadurnado con cenizas funerarias, impresionó al «Señor de los obstáculos» que, a pesar de todo, sacudió la cabeza y murmuró:

–No puedo abrir.

–¿No tienes la llave?

–Señor, no puedo mentirte, esta puerta no está cerrada con llave. La orden de Parvati es lo único que me impide dejar pasar a nadie, quienquiera que sea el que desee hacerlo.

–Está bien, cumples con tu deber, pero yo soy el marido de Parvati, o sea que déjame pasar.

Preocupado pero firme, con los ojos respetuosamente bajos pero el espíritu inquebrantable, «Señor de los obstáculos» se plantó ante la puerta y repitió:

–Por orden de Parvati, no puede entrar nadie sin su invitación, sea quien sea el que lo desee.

La cólera del dios fue breve pero terrible. Parashu, su hacha mágica, resplandeció en el aire y se abatió con tanta fuerza sobre «Señor de los obstáculos» que su cabeza salió volando, se hizo pedazos en el aire y desapareció.

Shiva, furioso, irrumpió con estrépito en casa de Parvati. Al encontrarla en el baño, se conmovió, pues entonces se dio cuenta de la utilidad del «Señor de los obstáculos»:

–Voy a poner otro guardián ante tu puerta.

– ¿Por qué otro guardián? ¿Dónde está el que yo he concebido a partir de mi sudor?

–¡He matado a ese terco!

–¿Matado? ¿Terco? ¿Por qué?

–Pretendía impedirme pasar por tu puerta.

–¿Te desafió?

–¡Se atrevió, Señora!

Parvati salió del baño llorando, emocionada por la lealtad del «Señor de los obstáculos», desconsolada porque la hubiera pagado con su vida.

–No llores más, mi Señora –dijo Shiva–. Ya que tanto te importa, le reanimaré.

Fue adonde yacía «Señor de los obstáculos» y se inclinó sobre él para resucitarle. Pero ¿podía insuflar la vida en unos orificios nasales ausentes?

Llamó a sus legiones de emisarios y les hizo buscar la cabeza desaparecida por todo el reino, después examinaron el monte Kailash[1] y, por último, recorrieron el espacio mismo en todas direcciones, pero la búsqueda fue en vano. Parvati seguía inconsolable.

–¡Recorred el reino celeste –ordenó Shiva– y traedme la cabeza de un recién nacido cuya mirada se haya dirigido inmediatamente hacia la luz espiritual del norte!

No encontraron más que un ser vuelto hacia el norte, un elefantito que acababa de nacer en los establos reales. Enseguida realizaron el sacrificio, tomaron la cabeza animal y la llevaron a Shiva. Entonces él la puso sobre el cuerpo decapitado y formó algo más que un hombre: un dios, su propio hijo, hijo de Parvati.

–Tu rostro –le dijo– será único en el universo. Representará la vibración primordial, que los humanos pronuncian «Aum». Desde ahora eres Ganesha: el «Señor de las criaturas». Yo te abro tu tercer ojo y tus anchas orejas. De ahora en adelante ves y entiendes en Verdad y Sabiduría. Ya no serás el obstáculo, sino el protector y el guía de los humanos, porque a ti es a quien rezarán antes de actuar, de viajar, de estudiar. Ante ti se prosternarán antes de toda obra piadosa, pues tú estarás para siempre en la puerta de los templos, de las casas y de los corazones.

De todos los horizontes surgieron los dioses, cargados de presentes para Ganesha. Sarasvati, diosa de las artes, del conocimiento, de la música y de la palabra, le ofreció un cálamo de escriba. Brahma, el dios creador, le dio un rosario de ciento ocho perlas. Indra, el señor de los seres celestes, que cabalga sobre un elefante, le entregó el gancho de cornac[2]. Lakshmi, diosa de la multitud y de la fortuna, le presentó un loto. También recibió el cordón que une, los dulces del corazón, el

1. La montaña más sagrada del Himalaya, morada de Shiva.
2. El hombre que en la India y otras regiones de Asia doma, guía y cuida un elefante.

hacha que hiende los obstáculos y los tesoros de la virtud. Por último, la diosa Tierra le ofreció un vehículo:

—A ti, que no has temido ni la cólera de Shiva, y que ahora tienes apariencia de elefante, te doy por montura a la rata, astuta y hábil para vencer los obstáculos. Así todos podrán ver que el sabio cabalga sobre su miedo sin aplastarlo.

Ganesha, por compasión hacia las criaturas, descendió a nuestro mundo. Los fieles, agradecidos, le alimentaron en abundancia con ternura y con piedad, y él se comió la mezcolanza de golosinas, sufrimientos y felicidades ilusorias. Kubera, el dios de las riquezas, le invitó también a un copioso almuerzo. Pero, ¡ay! Ganesha terminó el festín sin que su hambre se apaciguara. Arrancó las flores y las colgaduras que decoraban la sala del banquete y las devoró sin lograr saciarse. Su cuerpo grande y desbordante continuó terriblemente hambriento. Cuando Shiva se dio cuenta de su apuro, apareció junto a él y depositó en su cuenco un solo puñado de arroz tostado. Ganesha comió y se sació para siempre.

Sin embargo, no por esto estuvo libre de toda preocupación. En realidad, Ganesha no era el único hijo de Shiva y Parvati, sino que tenía un hermano llamado Subramanya. Tanto uno como otro habían sido concebidos al modo divino, fuera del tiempo y del espacio, y no conseguían establecer a cuál de los dos correspondía el derecho de primogenitura. En el transcurso de una reunión familiar, sobre el monte Kailash, una conversación entre los dos hermanos, cortés al principio, terminó en disputa, por lo que Shiva y Parvati decidieron intervenir:

—¿Cuál es el problema que os enfrenta así?

—Queremos saber quién de nosotros es el mayor.

—¿Se puede hablar de ser el mayor cuando no existe la noción del tiempo?

—Pero algo tiene que distinguirnos, esto resulta insoportable: no podemos pasar por una puerta sin empujarnos, no podemos saber quién debe hablar el primero... Decidnos, ¿quién tiene la preeminencia?

–¿A qué viene esa palabra bárbara y malsonante? Hijos, tratáis demasiado a los humanos y eso os está echando a perder.

–Padre, tú has querido que fuéramos uno «Señor de las criaturas» y el otro «Amigo de los brahmanes». Nos resulta difícil mantenernos a distancia de los humanos.

–Tenéis razón –respondió Shiva–. Propongo, pues, que se nombre primogénito al que dé más deprisa la vuelta al universo.

De inmediato, Subramanya, de cuerpo esbelto, montó sobre el pavo real, su vehículo, para recorrer el mundo lo más deprisa posible. Ganesha, cuyo cuerpo era pesado, contempló su vehículo, la diminuta rata testaruda y taimada. Sus patas cortas no podrían, ciertamente, competir con las largas alas del pavo real para cubrir una distancia determinada. «Es inútil –se dijo– intentar la excursión alrededor del universo físico». Permaneció sentado, con el espíritu reconcentrado en sí mismo, y después se levantó, dio con calma una vuelta alrededor de Shiva y de Parvati, y volvió a sentarse ante ellos a esperar que Subramanya regresara.

El pavo real, al posarse, se contoneó vanidoso, barriendo el polvo con las plumas. Luego hizo la rueda y enseñó el trasero, mientras Subramanya iba a reclamar con estrépito el título de primogénito. Ganesha intervino con tranquilidad:

–Yo he dado la vuelta a la totalidad de Lo que Es y hace ya mucho tiempo que me he sentado a esperar el regreso de mi hermano. Por tanto soy el primogénito.

–Ganesha, dejas atónito a tu hermano –dijo Shiva–. Dile cómo has dado la vuelta al universo.

–Fuera del infinito no hay nada. Así que, al rodear a Shiva y a Parvati, he recorrido por completo el Todo, la Nada y lo Posible. ¡Podría, incluso, haber dado la vuelta al universo girando sobre mí mismo!

Y uniendo el gesto a la palabra, lentamente y con atención, giró sobre sí mismo.

Shiva extendió la mano hacia el cielo y en su palma apareció un sublime collar, engarzado con las joyas de la sabiduría, que deslizó sin titubear alrededor del cuello de Ganesha, mientras Parvati le entregaba el fruto del mirobálano, henchido del néctar del conocimiento, tan sabroso como inagotable.

14
Peregrinación

Los habitantes de Dehu que partían en peregrinación a la montaña de Shiva rogaron a Tukaram que les acompañara, pero el hombre santo declinó la oferta. Estaba demasiado cansado para un camino tan largo. A cambio, para calmar su decepción, les confió una de las dos cantimploras que había fabricado ahuecando unas calabazas amargas.

—Lleváosla a todos los lugares santos que visitéis y, donde encontréis aguas santas, llenadla.

Dichosos de poder serle útiles, cargaron, gustosos, con la cantimplora.

—Nos comprometemos a cumplir escrupulosamente con tu deseo —dijeron. Y se marcharon.

El camino era largo y a menudo fatigoso, y los más viejos estaban agotados. Cuando llegaron a la orilla del Ganges, una anciana señora, extenuada, se sentó al borde del camino y se puso a llorar.

—¡He soñado tanto con el monte Kailash! Por desgracia, no lo veré en esta vida. Mis fuerzas me traicionan.

—Abuela, si tienes que quedarte aquí, será por voluntad de Dios. Podrías permanecer junto a este templo hasta nuestro regreso. No nos olvidaremos de ti, y te traeremos agua de la fuente santa.

La anciana lo sentía mucho, pero reconoció que era incapaz de continuar. Muy de mañana les acompañó hasta el camino y luego volvió lentamente hasta el templo. Entró en él y fue a rezar junto a la estatua de Ganesha.

–Tú, que tienes el rostro de elefante y la forma del Aum, Señor Ganesha, hijo de Shiva, Tú, fuerte como un búfalo, protector de las multitudes, Tú, el guía que garantiza el éxito, bendice su peregrinación y ayúdame a aceptar el no haber podido realizarla yo también.

Su fervor conmovió a Ganesha.

–Abuela –dijo–, tú estarás allí antes que ellos. Ahora ve a bañarte al Ganges.

Con ferviente esperanza, se fue al Ganges y se sumergió por completo, y al momento vio el monte Kailash y la fuente santa, oyó el canto del agua y gustó de la ternura de Shiva. Cuando salió del río, supo que había realizado la peregrinación, y que, cuando el corazón se acuerda de él, allí está el Kailash. Se halló en paz. Al volver con la imagen sagrada en su interior, ella estaba ya para siempre junto a la Fuente.

Los aldeanos, después de varios días de marcha agotadora, llegaron a la vista de la meta última de su peregrinación. Estaban cansados pero felices, satisfechos de haber superado el cansancio, el miedo y los mil obstáculos del camino. Cuando se aproximaban al santuario, unos hombres corrieron hacia ellos y les hicieron tantas preguntas que sus cabezas daban vueltas. Insistieron hasta la grosería y, de pronto, uno de los peregrinos se enfadó:

–¡Apartaos de nosotros! Hemos venido a rezar, y no a charlar. ¡Un poco de respeto, por favor!

El más cercano dio unos golpecitos en la cabeza del rebelde, riendo:

–¡Bonitos peregrinos tenemos aquí! ¡Aún estáis crudos, con el orgullo reforzado por el viaje, y no gastado por las piedras del camino!

Nada más decir esto, los preguntones se fueron hacia otros recién llegados.

Los aldeanos, confusos, se colocaron al borde del camino y rogaron a Shiva que les aligerara de su yo, tan hinchado y pegajoso. Y sólo después intentaron franquear el puente sobre el vacío, agarrándose con las manos extendidas, poco seguros de ser lo bastante puros como para escapar a la gravedad. Vencido su vértigo, depositaron al fin sus corazones, consumidos por la falta de conocimiento, ante Shiva, y se volvieron dichosos de haber podido acercarse, aunque fuera a ciegas, a la Fuente de todas las fuentes.

Varios meses después, cuando los peregrinos regresaron, con la abuela radiante, llevaron la cantimplora a Tukaram, que se lo agradeció mucho y les invitó a tomar el té. En cuanto acercaron las tazas a sus labios, se miraron estupefactos, hasta que uno de ellos se atrevió a expresar el sentir general:

–Es curioso lo amargo que es este té. ¿Con qué lo has hecho?

–¡He usado agua de la cantimplora!

–¡Pero venerable, si la fabricaste con una calabaza amarga! El agua que ha estado dentro tiene que estar mala.

–Me sorprendéis –dijo Tukaram–; yo creía que una cantimplora amarga que vuelve de una peregrinación tan larga, volvería dulce y buena. ¿De qué sirve, si no, pasear al cuerpo en peregrinación de aquí para allá? Bebed ahora de este té.

Bebieron, y era dulce y perfumado. Tukaram también bebió, y luego dijo:

–Este té lo he hecho con el agua de la segunda cantimplora, cuyo interior he visitado y lavado todos los días. Esa fue mi peregrinación.

15
Espejos

Un hombre muy pagado de sí mismo hizo recubrir de espejos todas las paredes y el techo de su habitación más hermosa, y a menudo se encerraba en ella a contemplar su imagen con detalle, por arriba, por debajo, por delante, por detrás, y así cobraba fuerzas para enfrentarse con el mundo.

Una mañana abandonó la estancia sin cerrar la puerta y su perro se coló dentro. Al ver otros perros, los olfateó y gruñó; ellos le gruñeron y él los amenazó; ellos le amenazaron y él ladró y se abalanzó sobre ellos. El combate fue terrible: ¡las batallas contra uno mismo son las más feroces! El perro murió, extenuado.

Un asceta que pasaba por allí vio que el amo del perro, desconsolado, hacía tapiar la puerta del cuarto de los espejos.

–Puedes aprender mucho de este lugar –le dijo–, déjalo abierto.

–¿Qué quieres decir?

–El mundo es tan neutro como tus espejos. Depende de si sentimos admiración o ansiedad, él nos devuelve lo que nosotros le damos. Si eres feliz, el mundo lo es; si estás inquieto, él también lo está. En él combatimos sin cesar con nuestros reflejos, y morimos en el enfrentamiento. Que los espejos te ayuden a comprender esto: en cada ser y en cada instante, dichoso, fácil o difícil, no vemos ni a la gente ni el mundo, sino sólo nuestra imagen. Tenlo presente, y toda clase de miedo, rechazo o combate te abandonarán.

16
El esclavo

Un rico terrateniente había ahuyentado a toda la población de los alrededores. Era tan avaro y exigente que todos, uno tras otro, habían acabado por irse de sus campos. Sin brazos para trabajar sus tierras, pronto tuvo que abandonar una gran parte y obligó a su mujer y a sus hijos a cultivar el resto, una superficie tan vasta que los infelices estaban demacrados y muertos de cansancio.

Vino un monje a llamar a su puerta, con un rostro tan hermoso y un aspecto tan distinguido, que el avaro no se atrevió a negarle una limosna. Pero como no sabía dar sin recibir, después de ofrecer su exiguo óbolo se puso a lamentar la mala suerte que le condenaba, a él y su familia, a doblar el espinazo sobre una tierra que ningún obrero quería cultivar. El monje escuchó atentamente y, cuando cesaron los gemidos, saludó y se dispuso a partir, pero el rico requirió la ayuda del renunciante:

–Ayúdame –pidió.

–Te daré un mantra, una fórmula mística y secreta –dijo el monje–. Repítelo con corazón puro, muy atento a los pensamientos que te habiten cuando lo pronuncies: ¡este mantra es tan poderoso que materializa los deseos!

Le dijo al oído las palabras secretas, le repitió otra vez que había que purificar los deseos antes de utilizarlo, y después continuó su camino.

Cuando, a la caída de la tarde, regresaron la mujer y los hijos, encontraron al señor de la casa con la mirada perdida, mascullando su mantra, tan ocupado que no estuvo ni triste ni violento, y les dejó comer sin reprocharles cada bocado, e irse a dormir sin regañarles y llamarles holgazanes.

Al día siguiente, como continuaba con la mirada perdida, repitiendo su mantra, su familia se felicitó del cambio operado en él, y comenzó a estimarle y a atribuirle cualidades. Mil días más permaneció recluido en su mantra, empeñado en decirlo y volverlo a decir sin cesar. A los mil días, el fruto de sus deseos se presentó de improviso ante él. Era un demonio alto y grueso:

—Amo —le dijo—, soy tu esclavo obediente, dedicado por completo a tu servicio. Pero tienes que saber que haré todo lo que tú quieras a condición de que no me dejes nunca desocupado ni un momento. Si permanezco un instante inactivo, mi naturaleza es tal que en ese mismo instante te devoraré.

El buen hombre sonrió: sabía que sus tierras eran vastas y que estaban descuidadas. El enérgico demonio, dispuesto a trabajar para él, era, seguro, un regalo de los dioses. Le envió a limpiar todos los baldíos y se fue, sonriente, a anunciar la noticia a su esposa.

—Mujer, nuestras penas se terminan, pues he recibido, como fruto de mis oraciones y respuesta a mis deseos, un demonio tan poderoso como diligente, que a partir de ahora va a trabajar nuestras tierras.

La esposa se asustó un poco del regalo, pero no se atrevió a cuestionarlo ni a expresar su inquietud.

Había transcurrido el tiempo de tomar un baño y sentarse a cenar, cuando ya estaba el demonio de vuelta.

—Amo, he limpiado todas las tierras sin cultivar.

El susodicho amo se sorprendió de la rapidez, y supuso que era mentira, por lo que trepó a la espalda de su esclavo, que repitió:

–Y ahora ¿qué debo hacer? Y ahora ¿cuál es mi obligación? Y ahora ¿cuáles son tus órdenes?

–Enséñame mis dominios y el trabajo realizado.

Se fueron juntos en visita de inspección. Hasta donde alcanzaba la vista, los campos estaban removidos, la tierra ofrecía sus surcos a los pájaros que armaban jolgorio en su huida por los húmedos terrones, las ramas muertas estaban atadas en haces bajo los árboles, los frutales habían sido aligerados, podados y enrodrigados de nuevo. El hombre se maravilló, y el demonio preguntó por última vez:

–¿Tengo tarea o debo devorarte?

–El otro, con el corazón palpitante, le respondió a toda velocidad:

–Ahora consigue granos y siembra.

Casi era de noche, y los almacenes de granos, situados a gran distancia, estaban cerrados a esa hora tardía, por lo que pensaba que así ganaba tiempo. Por desgracia, apenas se había sentado en la galería cuando el demonio regresó. Había despertado al tendero que, aterrorizado, le había entregado todo el grano que quería, y había sembrado los campos recién labrados con un solo y amplio gesto.

–Y ahora –dijo–, ¿ahora qué debo hacer?

–Excava una cisterna para recoger toda el agua de las lluvias del monzón, a fin de que mi familia y mis tierras no padezcan nunca sed.

Dicho y hecho. En el tiempo de una taza de té, que se le quedó en la garganta, el hombrecillo tuvo ante sí al demonio, radiante y orgulloso, que acababa de partir y ya había vuelto:

–¡Trabajo! ¡Trabajo! ¡Venga, mi amo, venga!

–Excava un pozo hasta el corazón de la tierra, encuentra el agua que calientan los dioses para sus abluciones y hazla brotar en un estanque profundo, para que yo pueda bañarme siempre a mi antojo.

El demonio se fue y su amo se desmoronó, pues sabía que, por lejos que hubiera que cavar, no pasaría mucho tiempo antes de que su esclavo le devorara. Su mujer, al verle abatido, se preocupó por el pánico que le había entrado:

–¿Qué te ocurre?

–Si se queda sin trabajo, el demonio me devorará. ¡Y actúa tan deprisa que no podré tenerle ocupado por mucho tiempo!

–¿Eso es todo? –respondió la esposa–. No te preocupes. Asegúrate de que ha realizado todo lo que debía, ya que no encontrarás fácilmente un obrero tan eficaz, y cuando ya no tengas más que pedirle, mándamelo, que yo le ocuparé.

Aún era de noche cuando el demonio se presentó ante su amo. Había cavado la tierra, encontrado una fuente cálida, canalizado su agua y construido un estanque para recibirla.

–Amo, tu baño está listo. ¿Qué quieres de mí ahora?

–Ve a ver a mi esposa, ella tiene tarea para ti. Cuando hayas terminado, podrás devorarme. Tenerte ocupado noche y día es un trabajo demasiado pesado para mi pobre cabeza.

Estaba desconsolado, recordando que habría debido controlar sus pensamientos mientras recitaba el mantra. «¿Eran mis deseos tan tiránicos y voraces? ¿Con qué terrible reencarnación pagaré esta vida?». Las lágrimas corrieron por sus mejillas y sobre sus manos, y permaneció absorto, sin ver pasar una primera noche, luego una segunda, luego una luna. Transcurrió largo tiempo. Reconciliado con la idea de su muerte, salió de su embotamiento, y se asombró al ver que lo plantado en los campos había brotado ya de la tierra, y al notar cuántos días habían pasado. Corrió hacia la casa, temiendo que el demonio hubiera devorado a su esposa, en lugar de a él, al quedarse sin tarea que encomendarle. La casa estaba apacible y alegre. Los niños canturreaban y su mujer entró en el salón, con una sonrisa en los labios.

–¿Y el demonio? –preguntó él.

–¡Oh, le tengo ocupado! Reparó el tejado, agrandó la casa, pintó las paredes, ordenó nuestra ropa, hiló sábanas para nosotros, nuestros hijos y nuestros nietos, y después le confié uno de mis cabellos.

–¿Le confiaste uno de tus cabellos? ¿Con qué objeto?

–Tú sabes que mis cabellos son rizados. Sólo le pedí que desrizara uno, que me lo devolviera liso y tieso.

–Y lo hizo, seguro. Este demonio lo puede hacer todo.

–No. Lo intentó. Lo mojó para alargarlo, pero, al secarse, el cabello estaba más rizado que nunca. Entonces lo sacudió, pero adquirió algunas ondas con el tratamiento y no se volvió menos rizado. Por fin, queriendo vencer su resistencia con el fuego, se fue al herrero, que lo acercó a la llama. Cuando regresó a decirme que mi cabello había desaparecido, le pedí que lo encontrara y que no volviera sin él.

El hombre besó las manos de su esposa y, aliviado, prefirió desde entonces pagar el precio de todas las cosas antes que arriesgarse a ser devorado por sus demonios.

17
De verdad

El retiro del asceta estaba situado en la pared. Era una gruta formada por los arroyos que corrían entre dos capas rocosas. El nivel de abajo era gris y el de arriba, rojo. El contraste le recordaba al habitante del lugar que él vivía allí, en el mundo de abajo, entre dos realidades, una visible y otra invisible; entre el sueño y la vigilia; entre la ilusión verdadera y la realidad indecible.

Ante él, la roca se hundía y el suelo desaparecía para aparecer de nuevo más abajo, roto en peñas, en piedras pulidas por las crecidas del río, en arena gris. Allí, al otro lado del Ganges, los árboles descendían tan abajo que los primeros troncos tocaban el agua. Aunque ningún camino surcaba la inaccesible montaña, hordas de monos intrépidos saltaban de rama en rama, se peleaban, se despiojaban, o se miraban de reojo, asombrados, rascándose los muslos y soñando en medio del estruendo.

Aquí mismo era donde había meditado el sabio Vashishta y, más tarde, el gran Shánkara, y donde muchos sabios y novicios hacían escala, de camino hacia las fuentes del Ganges, inundando el lugar de un halo de paz y de ternura. Por ello, los demonios evitaban el lugar y las serpientes pasaban de largo.

Una cierva asustada brincó en todas direcciones, buscando la salida. Se sobresaltó al ver al monje y, husmeando el viento, rebotó hacia la espesura. Los pájaros remontaron el vuelo a toda prisa, en tanto que una vaca trotó con presteza tras la cierva, atravesando un rayo de sol. Quedó sólo el rumor del río, cuando los animales se callaron y hasta los insectos dejaron de zumbar.

Entonces llegaron los carniceros, chapoteando por la orilla y buscando a la vaca que había escapado de su vigilancia. Hablaban fuerte y su agitación perturbaba el aire y rebotaba en las piedras y las hierbas, poniendo patas arriba la armonía del mundo. Al ver al monje, se dirigieron a zancadas a interrogarle:

—Venerable, ¿has visto pasar a nuestra vaca?

—¿Vuestra vaca? ¿Desde cuándo un ser vivo, aparte de vosotros mismos, os puede pertenecer?

—Venerable, en serio, hemos comprado una vaca y se nos ha escapado. ¿La has visto?

—¿Cómo era su piel?

—Blanca con manchas rojas, venerable.

Blanca con manchas rojas, seguro que era ella. ¿Acaso podía entregar a unos carniceros a un animal que quería vivir? Pero ¿podía mentirles? ¿No cuenta el Mahabharata[1] que el propio Yudishtira[2], hijo y manifestación de la Ley Cósmica, tuvo que pasar un día en el infierno por haber manipulado la verdad una sola vez en la vida?

El asceta cerró los ojos y buscó la respuesta justa. Vio en su interior la efervescencia del combate de los Korava[3] contra los Pandava[4]; la situación, bloqueada durante tanto tiempo que

1. Obra gigantesca –más de 215000 versos–, en su origen era un poema épico dedicado a relatar una guerra entre dos pueblos. En el curso de los siglos, el poema primitivo fue aumentado por adiciones sucesivas: contiene leyendas, relatos, simples episodios extensamente explicados y alabanzas dirigidas a los dioses.
2. Uno de los cinco hermanos Pandava. Gobernó la tierra tras la batalla de Kuruksetra.
3. Los seis hijos de Dhritaratshtra.
4. Los hermanos Pandava, de origen divino, eran cinco y se llamaban Yudishtira, Bhima, Arjuna, Nakula y Sahadeva.

Drona, el maestro de armas de todos los contrincantes, tuvo que combatir. Escuchó la fuerte voz de Bhima[5] que anunciaba la muerte de Ashwathama, el hijo y la única razón de vivir de Drona. Oyó que Drona decía: «No lo creeré hasta que lo diga un hombre que nunca haya mentido». Entonces vio que se adelantaba Yudishtira, el hombre que nunca había mentido, y decía, alto y fuerte para salvar a su clan: «Ashwathama ha muerto», y añadía en voz baja: «Ashwathama, el elefante», ya que, en efecto, un elefante con ese nombre acababa de recibir muerte.

—El silencio meditativo del asceta irritó a los carniceros.

—¿La has visto, venerable?

El monje se encomendó a Dios y se oyó a sí mismo responder:

—Lo siento, ¿Cómo os voy a ayudar? ¡El único que ve en realidad, no habla, mientras que el que habla es ciego e ignorante!

«Otro pobre loco», pensaron los carniceros, y tras recorrer un momento más los alrededores, pronto desaparecieron.

5. Hijo de Vayu, dios de la tempestad; es uno de los Pandava.

18
Sri Nag

Sri Nag, el señor cobra, era una soberbia cobra real que habitaba, con su esposa Nagini y sus hijos, en un templo dedicado a Shiva. Según la tradición, sus antepasados habían sido invitados a vivir allí desde los tiempos antiguos de la construcción del templo, porque Shiva, el protector, que reina sobre la muerte y sobre la siembra, sobre los monzones y el retorno a Dios, lleva una cobra como cordón de casta.

Durante largo tiempo, los aldeanos habían frecuentado el templo sin preocuparse por la presencia de las serpientes; por el contrario, las habían alimentado y cuidado e incluso les habían rezado, haciendo de ellas intercesoras entre este mundo y el mundo del dios. Sri Nag aún recordaba que, en época de su abuelo, los humanos y las cobras vivían en paz. Él era demasiado joven para entender por qué, de pronto, los aldeanos abandonaron el templo, huyeron de las cobras y les tiraron piedras, y asesinaron a su abuelo ante sus ojos. Desde entonces permanecía entre ellos el agridulce olor a miedo, la desmedida vibración del suelo cuando los humanos huían entre las hierbas.

Pasado el tiempo, también su padre dejó este mundo para alcanzar las profundidades del Patala, donde las serpientes vigilan los tesoros escondidos de esta tierra.

Sri Nag protegía el templo, que era su territorio y el de su clan. Era un cazador destacado, que alimentaba bien a su familia y la defendía con orgullo.

Abajo, en la llanura, los aldeanos vieron llegar un día a un viejo monje, que les preguntó por el camino del templo, donde deseaba rezar y descansar. Ellos quisieron disuadirle con energía, explicándole que el sagrado lugar estaba habitado por una peligrosa cobra que había matado a muchos hombres y mujeres, numerosas gallinas e incluso una vaca. El monje sacudió la cabeza y quiso saber dónde rezaban, entonces, los aldeanos. Le contestaron que cada uno se había refugiado junto a su altar doméstico, que el fervor había declinado y los jóvenes no conocían más que la somera moral de los animales. Ya no podían reconocer el valor esencial de los seres y sólo el miedo les movía al respeto.

Hacía mucho tiempo que el monje había pronunciado sus votos de renuncia y realizado sus propios ritos funerarios, y no temía a la muerte. Decidió, pues, encontrarse con Sri Nag para tratar de entender por qué se había instalado el odio entre los hombres y él.

La altiva serpiente descansaba al sol. Sintió cómo el suelo vibraba bajo un paso humano que se acercaba al templo, y levantó ligeramente su capuchón como se levanta una ceja, curioso por ver quién pasaba tan cerca. Después, enfadado por la audacia del hombre, se irguió, lanzando destellos, para advertir al extraño que se detuviera; pero el monje avanzó con paso tranquilo, mientras le miraba fijamente. Sri Nag sacó su rápida lengua, que azotó el aire, pero no percibió nada del olor agrio del miedo que solía acompañar a los hombres. Su cuerpo, a la escucha del suelo, tampoco experimentó la febril vibración, el sutil chirrido, a medio camino entre carrera y parálisis, que esperaba notar. El monje avanzaba, sonriente. Se detuvo a dos pasos de la serpiente, se inclinó con las manos juntas y dijo:

—Saludos, Sri Nag.

Sri Nag permaneció en guardia, erguido, balanceando el capuchón, entre la cólera y la confianza. La presencia del monje le pareció calurosa. Respondió:

–Saludos. ¿Cómo sabes mi nombre?

–Si vives en este templo, seguro que desciendes del noble y antiguo linaje de los nagas[1], cuya prestancia veo que conservas.

–¿Qué vienes a hacer aquí? ¿No temes la muerte?

–Todo cuerpo nacido en este mundo tendrá que morir algún día. Es la ley natural. No tiene importancia, porque lo que yo soy en realidad no conoce ni nacimiento ni muerte. Vengo a preguntarte por qué haces la guerra a los aldeanos.

–Defiendo a mi familia y mi territorio, como los míos han hecho siempre.

–Las cobras no siempre han sido enemigas de los hombres.

Sri Nag se calló un momento y recordó confusamente aquel tiempo en que los humanos y las serpientes de su linaje se encontraban todos los días en el templo y se trataban con cortesía y hasta con simpatía. Se acordó también de la muerte del abuelo y las piedras arrojadas, y de aquel terrible instante en que todo se hizo añicos.

–Es verdad que en otro tiempo nos llevábamos bien, antes de que los hombres mataran a mi abuelo querido.

–¿Sabes por qué?

–No. Da igual. Lo asesinaron y eso me basta.

El viejo monje se había sentado, y Sri Nag vio cómo cerraba los ojos y permanecía un momento inmóvil, indiferente al mundo, buscando en su interior una imagen o una respuesta a una pregunta no formulada. Cuando por fin rompió su quietud, fue para desplegar el pasado como un río corre por su cauce, limpio y seguro.

–Claro que lo mataron –dijo–. Él había mordido a un niño. Tu abuelo era tan viejo que sus sentidos embotados le engañaron. El niño quiso compartir con él la ofrenda recibida del sacerdote, una golosina tan blanda que se le pegaba a los dedos,

1. Serpientes míticas de muchas cabezas, aunque en ocasiones pueden tener sólo una. Su cuerpo gigantesco se parece al de las cobras, mientras que sus cabezas son de dragones, de cobras o humanas.

y tu abuelo, con los colmillos temblorosos, cogió a la vez la mano y el dulce. El pequeño murió. Los aldeanos no lo comprendieron y quisieron matar al infeliz culpable. Entonces tu padre y los suyos acudieron en su ayuda y los hombres y las cobras se enfrentaron, unos dispuestos al ataque y los otros lanzando guijarros a puñados. Ahora los de mi raza tienen miedo de tus semejantes y tú defiendes estas tierras. ¿Vais a vivir así hasta el fin de los tiempos?

–Que se queden en su casa y yo me quedaré en la mía.

–¿En tu casa?

–Aquí, desde el río hasta el camino del fondo del valle; desde el bosque hasta las rocas, desde…

El monje se rió. Era increíble, pero se reía. Sri Nag paró de golpe su agrimensura verbal.

–¡Ya veo! –dijo el monje–. ¡Ya veo!

Sri Nag se sintió minúsculo, ridículo, jactancioso. Se sentía desarmado ante ese monje que se reía sin violencia ni condena, que se reía como si él, Nag, la cobra, acabara de contarle un chiste. Le hubiera gustado entender dónde estaba la gracia de la situación, le hubiera gustado poder reírse él también, recobrar el dominio de la situación, pero ésta se le iba de las manos. Desconcertado, se hundía en el absurdo abierto bajo sus pies, sin nada familiar a lo que agarrarse.

–¿Quién eres? –preguntó el monje.

–Sri Nag, cobra del linaje de los nagas, dueño de este territorio.

–Este territorio, ¿te lo llevarás en la muerte?

–No, claro, pero…

–¿Qué posees que sea tuyo para siempre?

–Yo… poseo… No sé, yo soy…

–Muéstrame tu linaje.

–A ver, ¡está en mí, yo no lo tengo!

–Yo no veo aquí más que un ser, no una multitud.

–Hombre, sea como sea, este territorio es mío.

–Puesto que eres su dueño, ¿puedes impedir que el sol lo abrase, el monzón lo inunde, las mariposas bailen en él y la noche lo invada?

–No… no, desde luego. ¡Tus preguntas me ponen nervioso!

–Nadie puede ser dueño más que de sí mismo. Sé, pues, dueño de ti, si puedes. Para ser dueño de ti, tienes que saber quién eres en realidad.

«¿Quién soy yo?», se preguntó Sri Nag. «No poseo nada, no sé nada, no soy este cuerpo que muda, cambia sin cesar y envejece; no soy mis pensamientos que vienen y se van; no soy aquello a lo que llamo mío, porque soy yo quien lo poseo. Sólo sé que soy». Sri Nag dirigió su plana cabeza hacia el cielo y se mantuvo inmóvil. Todo en él se puso a buscar lo que él era en realidad, más allá de la no permanencia de las cosas. Varios días se quedó así, petrificado. El monje permaneció junto a él hasta que Sri Nag le oyó cantar: «Yo soy Esto». Entonces volvió a este mundo, sintió de nuevo la caricia del viento, el perfume de la hierba ardiente, la vibración del aire incendiado por el sol de mediodía, la presencia amigable del monje. Su cuerpo se inclinó y se puso a los pies de aquel hombre de paz, mientras un deseo ardiente subía de lo más recóndito de su ser e invadía su conciencia:

–Maestro, ayer yo todavía era el cordón sagrado que lleva Shiva. Hoy he perdido su presencia sin yo mismo encontrarme. Tengo sed del Ser. Instrúyeme, te lo ruego.

Tierno, paciente y firme, el viejo monje le mostró el camino de vuelta hacia lo divino. Le enseñó la aceptación y la no-violencia. Le entregó un mantra para meditar sin descanso. La iniciación solemne tuvo lugar al pie del *lingam*, la gran piedra erecta, símbolo material de Shiva el indecible, el inmaterial, el eterno. Después el maestro partió.

–Dentro de un año volveré a verte –prometió.

Sri Nag advirtió a su familia que él había escogido la no-violencia, que a partir de entonces iba a ser vegetariano, que emprendía una ascesis. Nagini, la señora cobra, su esposa, no podía cuidar ella sola de los pequeños y salir a cazar hasta las afueras del pueblo, por lo que tuvo que contentarse con los ratones y los sapos que pasaban a su alcance.

Los aldeanos, cuando vieron que el monje regresaba vivo, pensaron al principio que Sri Nag había muerto. El monje les sacó de su engaño y les tranquilizó: Sri Nag seguía viviendo en su cuerpo de cobra, pero no volvería a atacarles.

Las primeras semanas fueron felices para todos: los aldeanos que habían olvidado una gallina en las altas hierbas, la recuperaban con vida; los niños que escapaban a la vigilancia de sus madres, volvían siempre, risueños y despreocupados. Algunos chicos se propusieron demostrar su valentía, a base de acercarse cada día un poco más al templo. No se cruzaron nunca con el capuchón erguido de la cobra y regresaron al pueblo, entre carreras y risas, persuadidos de haber vencido a todos sus demonios de las tinieblas. Temibles como todos aquellos que, presas del terror, no quieren reconocerlo, enseguida quisieron pruebas de su falso valor, y como no se hacían ilusiones sobre sí mismos, se llenaron de cólera y decidieron hacer pagar a Sri Nag el miedo que les inspiraba. Acercándose al templo, removieron las piedras, dieron golpes con pies y bastones y organizaron el mayor estruendo para asustar a la cobra, que se deslizó a su agujero y se puso a meditar su mantra, celoso de la paz que no quería romper.

Pasadas semanas, juicios y cóleras se deshicieron en él como brumas al sol y le vino la percepción de la unidad de las cosas, de la presencia del Ser en todo viviente, todo instante, todo objeto. Dejó que el mantra fluyera dentro de él, meditara dentro de él, y ya no sabía si él recitaba o el sonido viviente le habitaba. Mientras todo su ser interpretaba el inefable canto, olvidó su cuerpo de cobra al pie de un árbol, tendido sobre una roca y enrollado alrededor del *lingam*. Y en este feliz abandono le descubrieron los niños un día. Casi todos pegaron un salto y echaron a correr dando chillidos, pero uno se quedó, fascinado y mudo. Sri Nag, en su meditación, no vio ni oyó nada, ni huyó ni, mucho menos, atacó.

Cuando por fin el niño salió de su terror hipnótico, dio tal grito que los que huían creyeron que había sido mordido e iba a morir. Entonces le tocó a él correr como un loco, mientras que sus amigos, recuperados del susto, volvían armados de bastones y piedras. Golpearon a Sri Nag y le tiraron piedras, y cuando él intentó retirarse a toda prisa, le cogieron de la cola, le voltearon y trataron de romperle la frente contra una roca. Cuando dejó de moverse, su miedo se calmó y decayó su furia. Permanecieron desconcertados ante el enorme cuerpo herido, lo creyeron muerto, se consideraron fuertes y valerosos, y regresaron orgullosos a la aldea, donde comenzaron a celebrar su hazaña.

Con todo, algunos viejos recordaron la época en que los hombres y las cobras compartían el templo, y fruncieron el ceño al oír a los chicos jactarse de haber matado a Sri Nag, que había respetado su voto de no-violencia. El crimen les pareció injustificable y temieron la cólera de Shiva.

Entretanto, Nagini contemplaba, estupefacta, el corpachón deshecho de Sri Nag donde aún resonaba, obstinado, el mantra, como si el terrible tormento no fuera más que un episodio sin importancia. Ella le preguntó por qué él, tan fuerte, había tolerado una afrenta tal, pero Sri Nag no respondió. Le suplicó que sanara y volviera a ser el protector del clan, si no por ella, al menos por los pequeños. Él se limitó a repetir:

–No puedo. He prometido ser no-violento.

Llegaron unos ratones y olfatearon a Sri Nag tan de cerca que Nagini esperó por un momento que él despertara, los aprisionara entre sus colmillos y recobrara, por fin, las fuerzas. Él se conformó con buscar un abrigo del viento y del sol que avivaba la quemazón de sus heridas, y también de los insectos y de las rapaces que amenazaban con arrancar sus martirizadas carnes. Entonces Nagini se deslizó fuera del templo con sus pequeños y partió lo más lejos posible, por miedo a que los aldeanos volvieran en tropel y acabaran con todos.

Volvieron, sí, pero no pasaron del camino. Sabían que Sri Nag tenía familia y temían sus represalias así como las de Shiva, por lo que se conformaron por mantener a prudente distancia a sus hijos, sus gallinas y sus vacas.

Tras varios meses de paz incierta, unos ancianos del pueblo se presentaron en el templo, con paso vacilante por la edad. Iban preocupados, ya que bastaba con que uno solo de los pequeños nagas hubiera vuelto a vivir en el templo, para ponerles en peligro. No era imposible. Hay quienes huyen de la tierra de sus antepasados a la menor dificultad y quienes se aferran a ella, valorando su alma más que su bienestar. Los ancianos no tenían prisa por morir, pero habían sido escogidos para interceder ante Shiva, porque pertenecían a la generación que había alimentado y cuidado a las cobras, antes de huir cuando mordieron al niño sin que nadie llegara nunca a comprender por qué. Los aldeanos esperaban que sus pacíficas acciones de antaño aplacaran a los dioses. Además, ellos no habían tirado nunca piedras a las cobras.

Ofrecieron incienso, guirnaldas de flores y plegarias a Shiva, esperando obtener el perdón para el pueblo, ya que las represalias divinas destrozan las cosechas. Desde que las cobras no cazaban a los ratones, estos se habían multiplicado y habían invadido y vaciado los graneros, y también habían proliferado los sapos, que se comían los insectos polinizadores y las abejas, de modo que también escaseaba la miel. Incluso consumían los huevos de los peces en los estanques, y los pescadores volvían con las manos vacías.

Pasó un año y el viejo monje regresó. Enseguida se dio cuenta de que los aldeanos le evitaban y les preguntó si Sri Nag había roto su voto y les había agredido.

—No —contestaron, moviendo la cabeza—, no nos ha atacado.

Y su mirada se volvió huidiza. Parecía que hubiera mil asuntos que reclamaran con urgencia su presencia en otro lugar. Finalmente un chiquillo, provocador, le soltó:

—¡Yo maté a tu cobra!

—¿Qué tú mataste a Sri Nag? ¿Tú solo?

—No, con mis compañeros.

—¿Por qué? Dime, ¿por qué?

—¿Es que hace falta un motivo para matar a una serpiente?

—¿Os amenazó?

—No, no se movía… ¡Pero podía amenazarnos!

El monje marchó hacia el templo, cargado de incienso, flores, agua del Ganges, aceite y un haz de leña, para realizar los ritos funerarios de Sri Nag. Su paso era lento y pesado. Una carga abrumadora le agobiaba el espíritu: él le había pedido a Sri Nag que fuera no-violento, le había condenado sin esperanza y sin remedio.

Incluso torpe y disminuido, Sri Nag reconoció al instante el paso, el olor, la presencia, y salió del templo al encuentro del maestro. Sus miradas se cruzaron y una felicidad inmensa les recorrió a los dos. Sri Nag fue a apoyar su cabeza destelleante a los pies del viejo monje, y el monje se la acarició con una ternura infinita, mientras repetía:

—¡En qué estado te encuentras! ¿Por qué dejaste que te atormentaran de esta manera?

Sri Nag estaba tan contento que se olvidó de contestar. Al final, preguntó:

—¿Qué podía yo hacer contra unos niños? ¿No me pediste que fuera no-violento?

—En efecto, no debías golpear. Pero ¿qué te impedía silbar?

Sri Nag se arrastró, lastimosamente, hacia su nido. Su piel no estaba sólo herida, sino también mate y ajada. Ya no tenía fuerzas.

—¿De qué te alimentas? ¿Dónde están Nagini y los críos? —preguntó el monje, asombrado de ver el nido claramente abandonado.

—Soy vegetariano. Mi familia se ha ido porque yo no cazo para alimentarles ni para defenderles y no podían vivir aquí más sin protección.

—¡Qué vergüenza! El divino Krishna mismo, en la Bhagavad Gita[2], dice que cada uno, sabio o guerrero, debe actuar según su naturaleza. Hagan lo que hagan, Sri Nag, los seres vuelven siempre a su estado natural. El primer deber de todos es satisfacer las exigencias de su ser. ¡Quien reniega de aquello que es no siembra más que desgracia!

Miró a Sri Nag para asegurarse de que escuchaba sus palabras.

—Mira, todo lo que nos separa de nosotros mismos y nos conduce a vivir como extraños en nuestras vidas, es más peligroso que la muerte. ¡Tú eres una cobra y es bajo esta forma como Shiva te ató a él como cordón de casta, y es bajo esta forma como tú eres un instrumento divino! ¿Y qué hacen las cobras? Ayudan a Shiva en su tarea de reintegración, introducen la muerte en los cuerpos para que el ser, aligerado, reconozca su esencia inmutable e inmortal. El Creador te hizo cobra, ¿crees que puedes tú distinguir mejor que Él lo justo de lo injusto?

—Pero, maestro, tú me pediste que cultivara la no-violencia. Y ¿se puede matar sin violencia?

2. «La canción del Señor», uno de los libros sagrados más conocidos y venerados en la India, con una espiritualidad mística muy rica. Recoge el diálogo que hubo entre el Sri Krishna y Arjuna, su devoto y amigo. Tiene como tema el conocimiento de la Verdad Absoluta, la condición original, natural y eterna de todos los seres individuales, la naturaleza cósmica, el tiempo y la acción. Es la esencia de todos los textos védicos.

–¿Matar? ¿Pero quién te crees que eres para pensar que eres capaz de matar? El no-ser no accede a la existencia y el ser no deja nunca de existir. Es seguro que lo que ha nacido morirá, ya que los cuerpos tienen un final; pero el Espíritu que los anima es eterno, indestructible, infinito. Se puede matar los cuerpos, renacerán siempre; pero no se puede matar al Ser. En Él está tanto lo efímero como lo inmutable, y nunca se le desprenderán ni el tiempo, ni el espacio, ni los mundos, y nunca llegará la separación. Sólo Shiva manifiesta y reabsorbe los mundos. Incluso sin tu intervención, todos esos seres que tú pretendes no matar desaparecerán un día. Tienes que ser el instrumento, nada más, y reconocer que tú no eres nada, no sabes nada, no puedes nada, y que sólo el Absoluto Es. Actúa sin odio y sin deseo, y no reacciones. La cobra que eres debe alimentarse como una cobra y proteger a los suyos como una cobra.

Krishna decía que nadie puede permanecer sin actuar, ni siquiera un instante, ya que incluso la inmovilidad es una figura de la acción. Realiza, pues, las acciones necesarias, porque la acción es superior a la inacción. Vive, conócete a ti mismo, conoce el mundo como es en realidad, presiente, en fin, la unidad de todo. Entonces no sentirás odio ni deseo hacia lo que es tuyo desde toda la eternidad. Conoce que no hay ser, móvil o inmóvil, que tenga ni la más mínima realidad fuera del Ser. Los vivientes, aquí abajo o en el cielo, los hombres y los dioses no son más que palabras, conceptos, facetas del Único, absoluto e infinito.

Sri Nag escuchaba con toda su alma al maestro, que desarrollaba el sentido de las Escrituras santas. Había cerrado los ojos para escuchar mejor, y le inundó una sensación desconocida. Su cuerpo de cobra recorrió el inmenso cuerpo de Shiva. Se había convertido en el cordón vivo del Dios. Creyó abrir los ojos, pero parecía haberse vuelto ciego al mundo, y lo que percibió era indescriptible, demasiado desconocido para que las palabras pudieran expresarlo.

Se abandonó al prodigio y perdió la conciencia de todo cuerpo. Ya no había ni cobra ni Shiva, nada más que una inmensidad, una vibrante vacuidad, una vacía plenitud. Un instante, sólo un instante, creyó oír: «Eso soy yo». ¿Lo dijo, quizá, él mismo?

> Lo que Sri Nag es hoy
> sólo Sri Nag podría decirlo
> si las palabras existieran.

19
Mucho mejor

Desde los cuatro puntos cardinales llegaron al pueblo tres fakires y una mendiga, cada uno de los cuales esperaba atraer toda la atención y la generosidad de los aldeanos. Por desgracia para la mendiga, ella era entrada en años, más bien fea y demacrada, y no tenía a su favor ni facilidad de palabra ni ningún talento especial, por lo que no podía contar más que con la compasión que su estado pudiera inspirar. Los tres fakires se burlaron de ella y le aconsejaron continuar su camino, pero se hacía tarde y estaba cansada, por lo que se arrimó a la puerta del templo y, ya que no podía esperar socorro de los humanos, rogó a la diosa Durga[1] que la ayudara.

En la plaza mayor, los tres fakires se miraron, retadores, se desafiaron y provocaron a grandes voces para llamar la atención de todos. En el calor de las bravatas, uno de ellos cogió un hueso viejo, lo blandió en alto y presumió:

—Este hueso que veis es un hueso de tigre, ¡y yo, yo mismo, a partir de este único hueso puedo reconstituir todo el esqueleto del animal!

Y, sin titubeos, masculló un mantra y, oh maravilla, el esqueleto entero de un tigre apareció sobre el polvo del camino.

El segundo se encogió de hombros y afirmó:

1. La diosa madre; cabalga sobre un tigre.

99

–¡Pamplinas! Lo que yo hago es mucho mejor que multiplicar huesos. ¡Por la fuerza de mis mantras, puedo devolverle al tigre su sangre, su carne y su pelaje!

Y, sin titubeos, masculló a su vez un mantra y, oh maravilla, ahí estaba el tigre, con las fauces caídas por la hierba y el pelo un poco lacio pero bien rayado de oro y negro.

El tercero sacó el pecho y se adelantó burlón:

–¡Bonito negocio, hacer visible un pobre tigre muerto! Yo lo hago mucho mejor. ¡Por el mantra sublime en el que fui iniciado, soy capaz de devolverle la vida!

La vieja, muda hasta el momento, abrió los ojos de par en par y gritó:

–¡Hijo, nos fiamos de tu palabra!

Pero el fakir, muy pagado de sí mismo, a la vez que espantaba moscas invisibles entre ella y él, replicó:

–¿De veras te fías de mi palabra? Temes que haga el ridículo, supones que exagero. ¡Pero te equivocas! Sábete que yo, aquí presente, tengo el poder de jugar con la vida. Y ¿para qué sirve un poder que no se utiliza? Mira, pásmate y toma nota.

La vieja se deslizó a toda prisa por la puerta del templo, que Durga cerró tras ella, mientras el fakir profería su mantra de vida. Y, maravilla de maravillas, el tigre se levantó de inmediato sobre sus patas, con el pelo tieso y los caninos brillantes y, magnífico, saltó sobre los tres hombres y se los comió. Con la de tiempo que hacía que se había quedado en los huesos, tenía verdadera hambre. Cuando terminó el festín, la vieja vio que se lamía los belfos, entraba en el templo, y se confundía con el gran tigre de mármol que cabalgaba la efigie de Durga.

La vieja, todavía temblorosa, se acercó al santuario sin que ninguno de los brahmanes que habían sido testigos de todo aquello se atreviera a recordarle los límites fijados a una intocable como ella. Con piedad, con ternura, como un niño habla con su madre, encendió incienso, musitó unas plegarias y volvió con modestia a ocupar su sitio a la sombra oblicua del pórtico.

La historia zumbó por el pueblo como un vuelo de avispas, y todos acudieron, con una ofrenda en la mano, curiosos por ver a aquella a quien la diosa Durga había protegido de la locura de los hombres. La alimentaron, la vistieron, la alojaron, la cuidaron mucho mejor de lo que nunca le había ocurrido en esta vida. Permaneció durante algún tiempo en el regazo de la madre divina, junto al templo, y una mañana partió con el viento.

20
La búsqueda

Por el camino del templo, los mendigos formaban una fila, a veces apretados unos junto a otros, a veces separados, al capricho de las sombras protectoras o de los pasos estrechos. Entre ellos se hallaba Ratan.

Había llegado agotado a Laxman Jhula, después de que un terremoto asolara su pueblo y arruinara su cosecha, de que su casa se desmoronara, y su mujer, sus hijos y todo su clan fueran tragados por la tierra. Había intentado huir de las terribles imágenes de la cólera divina, pero sus recuerdos corrían por delante de él.

Como siempre había trabajado la tierra, era totalmente inexperto en el arte de mendigar, que exige una fina percepción de los sentimientos humanos y de los lugares favorables. Con la garganta apretada por una vergüenza desesperada y la cabeza baja, evitando las miradas, trató al principio de mendigar solo, aparte de los otros. No quería mezclarse con la riada de mendigos profesionales a los que, como campesino tenaz y orgulloso, juzgaba con dureza. Pero las jornadas de soledad se le hicieron muy pronto interminables y su cara se ensombreció, de modo que los peregrinos apartaban la mirada de él y, muerto de hambre y de cansancio, no le quedó otro remedio que proponerse aprender los trucos del oficio.

Una mañana se decidió a instalarse entre los otros pedigüeños. Los pobres diablos, poco dados a compartir, le ofrecieron un recibimiento glacial, le insultaron, le zarandearon y le incitaron a marcharse. Encima, los peregrinos pasaban sin mirarles, presintiendo una amenaza sorda tras los brazos que agitaban con furia los cuencos, tras las peticiones chillonas y los ojos febriles. Aquí la limosna también escaseaba.

Al día siguiente, consiguió infiltrarse en la fila de mendigos dolientes que se apretujaban en un paso entre los muros del abrupto descenso hacia el Ganges. Los lisiados exhibían sus muñones, los leprosos y los escrofulosos rozaban a los transeúntes, que huían con rapidez, comprando su tranquilidad con una extensa lluvia de monedillas. Ratan se quedó con ellos algún tiempo, pero luego acabó por temer la cólera de los dioses, puesto que él no era ni enfermo ni tullido y le parecía injusto aprovecharse del alimento destinado a los miserables más dignos de lástima. Además, una mañana notó una curiosa excoriación en el muslo derecho. Entonces arrojó a toda prisa su recaudación en las escudillas de los que se hallaban postrados junto a él y después quemó incienso para llamar la atención de Vishnú, el dios que conserva el mundo y protege a la humanidad. En vista de su arrepentimiento, Vishnú permitió que la excoriación no se convirtiera en una llaga, sino que se secara y desapareciera.

Ratan vagó en busca de un lugar propicio para sobrevivir. Se alejó de los templos y, al otro lado del río sagrado, se detuvo de pronto. Sentado sobre una raíz a la sombra de una higuera, un flautista ciego creaba un círculo mágico. Todos aminoraban el paso para escucharle y se paraban un momento. Algunos se quedaban de pie, hipnotizados por la melodía. Ratan no fue capaz de continuar su camino. La música se le antojó divina, parecida, sin duda, a aquella que cautiva el claro en que toca Krishna, el dios de la flauta encantada, el negro avatar de Vishnú, el amigo y Maestro de la Bhagavad Gita. Vio en ello una señal favorable y se instaló desde ese momento enfrente del flautista.

Los viajeros que se detenían allí no eran como los demás: no tenían ninguna prisa en su peregrinaje, como si cada paso y cada instante fueran ya la meta, como si ellos no fueran más que pétalos al viento cósmico y bailaran la vida en lugar de conquistarla. Se sentaban junto al ciego, compartían con él sus provisiones, invitaban a Ratan a reunirse con ellos, y hasta dejaban una ofrenda al partir.

Ratan y el ciego de la flauta vivieron largo tiempo así: Ratan protegía al ciego, vigilando a los granujas que de buena gana hubieran vaciado su escudilla, y el ciego encantaba a los peregrinos. Los días tenían un gusto simple y dulce.

Una mañana, el ciego no llegó y Ratan se encontró huérfano de mucho más que de un compañero de miseria. Sin su amigo, desde luego nadie se detendría a dejarle un céntimo, pero eso no importaba. Lo que de veras le daba pena era haber sido privado de un sueño. En cuanto la flauta coloreaba el espacio, adquiría una densidad amorosa, en la que se arremolinaban sabores, perfumes y luces. Ratan sentía la embriaguez de un bienaventurado bailarín de los bosques de Vrindavan con las pastoras enardecidas por Krishna. En realidad, no era al ciego a quien echaba de menos, sino a Krishna mismo.

Desorientado, se sentó al pie de la higuera, en el lugar habitual del músico, y esperó sin saber bien qué. La mañana transcurría y Ratan dormitaba, medio hundido en sus harapos. Soñaba que era un rey que soñaba que era un mendigo.

Los peregrinos pasaban sin ver su figura, polvorienta por el tiempo y por la tierra que levantaban sus pasos. A veces, los ruidos de voces de un grupo de caminantes le llevaban entre el sueño y la vigilia, y ya no sabía si se hallaba inmóvil o errante, si era rey o mendigo.

Pasó alguien y arrojó un objeto que produjo un ruido curioso al caer en la escudilla. Ratan, sorprendido, salió de su sopor. No había reconocido ni el sigiloso silbido del aguamanil manejado por una esclava temerosa, ni el tintineo agridulce de las monedillas. Al abrir los ojos, sintió hambre y reconoció la raíz y el árbol. Echó una ojeada al platillo. «¡Vaya! –pensó–; aún estoy dormido: veo una moneda de oro».

¿Una moneda de oro? Al instante Ratan estaba de pie, despierto de golpe, pasmado por el sorprendente regalo. Mordió la moneda para asegurarse de que su brillo no le engañaba, y sintió con júbilo cómo penetraban sus dientes en la materia. Cerró el puño sobre su tesoro, y examinó, incrédulo, los alrededores, esperando vagamente que el caminante volviera a buscarla. Pero el polvo del camino se había asentado de nuevo y no llegó al pie del árbol ningún ruido de galope ni ninguna llamada.

Se quedó un momento de pie, perplejo. ¿Tenía derecho a mantener un objeto tal en la mano? ¿No se arriesgaba a que le tomaran por ladrón? Si le interrogaban, ¿cómo podría demostrar su buena intención y justificar que le hubiera caído en suerte una moneda de oro? De pronto salió de su pecho un bramido, una formidable risa. ¿Dónde podría esconder el tesoro? Estaría a buen recaudo en su escondite, en un repliegue montañoso. Salió corriendo, mientras reía y lloraba y daba brincos. Se detuvo un instante, sin aliento, abrió la mano para mirar una vez más y persuadirse de su suerte.

La moneda ya no estaba allí.

¡Se había caído! Tenía que haberse caído, porque no era un sueño. ¡Era real y sólida, puesto que la había mordido! Volvió sobre sus pasos, andando a zancadas, con prisa por recogerla antes de que cualquier otro pudiera encontrarla, pero no se cruzó con nadie y eso le tranquilizó. Llegó a la higuera sin haberla hallado, y regresó con calma, levantando las piedras y limpiando el camino. Nada. Volvió otra vez hasta los pies de la higuera, y el corazón se le hundió en el pecho, tirándole de los hombros y cortándole el aliento con un peso enorme. No había forma de encontrar la moneda de oro. La había perdido.

Su cabeza se vació y toda su vida se concentró en ese insostenible absurdo: una moneda de oro que ocupaba todo el espacio. La boca se le apergaminó, le entró una tiritona y le habitó un alarido silencioso de protesta frente a las apariencias: «¡No! ¡La moneda, mi moneda, no debe ser, no puede ser que la haya perdido!». De pronto le pareció que no había vivido más que para ella y que ninguna otra cosa importaba. No había perdido sólo la comida de hoy y el grano para volver a sembrar. Había perdido su sueño. Se sentó, roto por la emoción y balbució:

–¿Por qué tengo que perder todo aquello que tengo: mujer, hijos, tierra... y hasta esta moneda?

Sollozó, desesperado. Sin embargo, poco a poco su corazón volvió a encontrar su lugar y su ritmo, y su espíritu empezó a contemplar la posibilidad de que la moneda se hubiera perdido definitivamente. Se llenó de paz con la certeza de que nada puede ocurrir sin la voluntad divina, y murmuró:

–Todo sucede según un plan justo, aunque para mí sea inimaginable e incomprensible.

Entonces fue capaz de levantarse y reemprender la búsqueda de la moneda con tranquilidad, sistemáticamente, no porque fuera impensable que hubiera desaparecido, sino porque era su deber buscarla y, quizá, encontrarla si estaba dicho que no debía permanecer perdida en el polvo.

Avanzó con calma, tomándose el tiempo de revivir cada gesto, cada mirada, cada paso. Sin emoción, sin espera ni queja, no fue más que un centinela, todo mirada, percepción, conciencia vigilante. Casi olvidó la moneda, y jugó el juego de la búsqueda. El más mínimo instante era el medio y el fin, y él ya no existía, hacía o veía sino que era él mismo existencia, acción, visión. Entonces su ojo fue atraído por un reflejo, por un brillo en el polvo marrón. Ratan se arrodilló y escarbó la tierra alrededor del destello. Surgió una fuente y una estrella volvió de los abismos, resplandeciente. Acababa de liberar un diamante enorme y sublime: la joya milagrosa.

21
Qué rara es la vida

Durante largos años, el brahmán había rezado, vivido con austeridad, meditado largas horas, estudiado las Escrituras. Sin embargo, esa mañana, cuando fue a bañarse al río, le atormentaba una pregunta: ¿qué hay, en realidad, después de la muerte? Los sabios y las Escrituras describen, desde luego, el más allá incomprobable; pero ¿cómo sabemos quién es, de verdad, sabio?, ¿quién podría decirlo?

Mientras se bañaba, una inesperada corriente le agarró, le arrastró y le ahogó. Su espíritu abandonó el cuerpo muerto, para entrar en el de un niño que iba a nacer. Era un chico cuyo padre era zapatero, de la casta de los intocables. Cuando se hizo mayor, aprendió el oficio de sus antepasados, se casó con una mujer de la mima casta y concibió una gran familia, pero, en su interior, una vocecita repetía: «¿Tú eres este cuerpo o esta mente inquieta?, ¿tú eres este hijo, este zapatero, este marido, este padre?». Y a menudo se iba a caminar junto al río, buscando cómo liberarse de estas embarazosas preguntas, ya que no conseguía darles una respuesta aceptable.

Una mañana, mientras caminaba pensativo, un gigantesco elefante, soberbiamente engalanado, deslizó la trompa sobre su hombro derecho, a la vez que un halcón con una anilla de oro se posaba sobre su hombro izquierdo. Entonces sonaron unas trompas y aparecieron varios caballeros, que le rodearon y le condujeron sin tardanza al palacio. El soberano del país había muerto sin dejar heredero del trono, por lo que, según la tradición, habían soltado al azar a su elefante y a su halcón para que, en su inocencia, designaran al nuevo rey: el primer hombre al que señalaran a la vez subiría al trono. Él, el intocable, se había convertido en rey pero, en el fondo de su ser, la vocecita continuaba: «¿Tú eres este cuerpo, esta mente que piensa?, ¿tú eres este hijo, este zapatero, este marido, este padre, este rey?». Ya no podía caminar solo junto al río, porque su pesada carga se lo impedía. Mandó comparecer ante él a todos los sabios, entendidos y monjes del reino, y les planteó la cuestión, pero, aunque todos tenían respuestas, parecidas o diferentes, ninguno le proporcionó una respuesta capaz de tranquilizarle.

Pronto se abatió la peste sobre el reino, y aquellos que habían aplaudido la elección del rey, escogido por el elefante y el halcón, comenzaron a inquietarse: ¿había que aceptar a un intocable en el trono, aunque hubiera sido escogido según antiguas tradiciones?, ¿no había contaminado su presencia el reino y sus habitantes? Hubo peleas y motines. Unos se exiliaron, otros se entregaron a temibles austeridades y, lo que es peor, algunos se suicidaron tirándose al fuego. El rey estaba destrozado y decidió remediar el escándalo de modo que se borrara por completo, y purificar el reino para salvaguardar a todos los seres que dependían de él. Y se arrojó al fuego.

En seguida, su espíritu se unió al cuerpo del brahmán arrastrado por el río.

Se dejó llevar por los remolinos, se agarró a las raíces sumergidas en la corriente, alcanzó la orilla, salió, todo aturdido, del agua, y volvió a su casa.

Cuando atravesó el umbral, su mujer se sorprendió:

—¡Qué pronto vuelves hoy! ¿Tan fría estaba el agua? ¿Te ha dado tiempo a bañarte y a rezar?

El brahmán sonrió pero no contestó, y se dijo: «¿Es posible que haya recibido la repuesta a mi pregunta? ¿He soñado que me ahogaba y que vivía como zapatero y como rey, o lo he vivido?

Algunos días después, llego un hombre al jardín del brahmán. Pedía limosna porque había huido, como muchos, del lejano país de sus padres, asolado por la peste desde que un intocable había sucedido al viejo rey, muerto sin heredero varón. El brahmán le contempló y le escuchó en silencio mientras su esposa, con toda inocencia, le hacía preguntas y el mendigo respondía con tanto lujo de detalles que no permitían la menor duda. Ese hombre venía del reino sobre el cual él había reinado durante el tiempo de una vida, o de un sueño. Dejó que su esposa alimentara con generosidad al hombre y se marchó a la orilla del río.

Miró pasar la corriente sin verla. ¿Es posible? Fui brahmán y me morí, después viví toda una vida de zapatero, antes de ser rey en un país maldito, y aquí estoy, de vuelta en mi primera piel sin haber salido de ella, al menos aparentemente. Y mi mujer se extraña de que vuelva tan deprisa. Ni ella ni nuestros hijos han envejecido un solo día. ¡Qué vidas tan raras!

Recordó una página del Yoga Vashishta[1], en que el rey Janaka, al despertarse, pregunta a su gurú[2]: «He soñado que era un mendigo que soñaba que era una mariposa. ¿Qué soy? ¿El rey Janaka, un mendigo o una mariposa?».

Regresó cabizbajo, caminando con lentitud, y le asaltó otra cuestión: ¿Qué es la vida? ¿Dónde está la verdadera realidad?

1. Unos de los textos sagrados sobre el yoga, entre los más antiguos e interesantes.
2. Guía espiritual. Alma autorrealizada que tiene el poder de guiar a la gente por el sendero de la comprensión espiritual y, de ese modo, sacarla del ciclo de los reiterados nacimientos y muertes.

22
Grandeza

Érase una vez un gran rey, que había conquistado tantos territorios que un caballero excelente necesitaba más de un año para recorrerlos de este a oeste. Al sur, el único límite de su reino era el mar, mientras que su muralla del norte era el Himalaya, sede de los dioses. La sola mención del rey hacía que los pueblos se echaran a temblar.

Sucedió que un día convocó a su presencia a la asamblea de los pandits del palacio. Estos eruditos conocían toda la ciencia divinamente revelada en los cuatro Vedas, y todo aquello que hay que recordar para aguzar el juicio, como los poemas épicos, los textos legales, los tratados de gramática, de poesía, de danza, de música, de astronomía o de medicina… La tradición oral tampoco tenía secretos ni misterios para ellos. Sin embargo, delante de su soberano eran como niños obedientes, y nunca habían visto más que sus zapatos, por no atreverse a levantar los ojos hacia su rostro.

El rey había soñado que era más poderoso que Dios, y se había despertado pensativo. Era cierto que su voluntad y su poder parecían haber prevalecido a pesar de que, en todos los reinos que había conquistado, los príncipes habían obligado a los brahmanes a que rezaran noche y día y realizaran grandes sacrificios para ser protegidos. Y sin embargo, le quedaba una pizca de duda, que se unía al deseo de ser reconocido públicamente dueño de todos los mundos. Por eso quería que los pandits, desde lo alto de su autoridad, zanjaran en público la cuestión de quién era más poderoso, Dios o él. El tono de su voz dejó entender que no toleraría ser el segundo, pero que tampoco aceptaría una respuesta halagadora no justificada.

Los pandits sintieron que galopaba hacia ellos, tan decidida como un torrente de primavera, su ruina fatal. Si se atrevían a decirle al rey que nadie es más poderoso que Dios, su vida no valdría un comino. Y si se arriesgaban a decir que Dios era menos poderoso que el rey, morirían igual, privados de argumentos que dar a favor de semejante herejía. Incluso si el rey creía en su palabra, ¿cuántas encarnaciones, en la ignorancia y el sufrimiento, deberían soportar para purificarse de tal blasfemia?

Salieron abatidos del salón del trono y se arrastraron desde los aposentos reales hasta los jardines de la ciudadela, desde los jardines a las salas públicas, desde las salas públicas hasta el pórtico del palacio. Por fin hicieron un alto, silenciosos y apretados unos contra otros como caballos bajo la tormenta. Del grupo no salía ningún sonido y ningún gesto lo animaba. Sus ojos parecían contemplar ya el otro mundo. Confrontados repentinamente con su inminencia, ninguno estaba seguro de que fuera acogedor, si es que existía. Sabios en este mundo, estaban aterrorizados ante el más allá del mundo que no conocían más que de oídas y a base de la recitación de los textos sagrados.

A la sombra de la bóveda se hallaba un mendigo que intentó sacarles de estas preocupaciones y llevarles a otra, ritual para ellos y utilitaria para él: la limosna. Primero les imploró con una mirada lastimera, después tosió febrilmente y, por último, agitó frenéticamente su escudilla, que contenía algunas monedas como reclamo. No sirvió de nada.

Entonces, se encogió de hombros, terminó con sus efectos sonoros y se puso a observar a los petrificados pandits.

Lo normal era que, encastillados en la soberbia de su casta y orgullosos de su posición junto al rey, fueran de una generosidad más bien ostentosa. Pero hoy habría podido tocarles sin que se espantaran y ofendieran porque les contaminara un intocable. ¡Debían de haberse encontrado con uno de esos demonios de ojos rojos y sedientos de sangre, o incluso con la terrible diosa Durga cabalgando su tigre, a no ser que hubiera ocurrido que Yama, el primero de todos los muertos, el rey de los fantasmas, les hubiera dado un aviso! O, lo que sin duda era peor que eso, ¡quizá hubieran contrariado al rey!

Por supuesto que le roía la curiosidad, pero dudaba si preguntarles: ¿se arriesgaría a compartir su destino por una indiscreción? Mas la curiosa sed de saber que tortura a los hombres le agarró por el cuello, le levantó del suelo y le acercó al grupo. De todas formas, tuvo cuidado de que su sombra de paria no cruzara las perfectas sombras de los brahmanes. Es verdad que tenían aspecto de espantados, pero semejante audacia podía despertarles del susto y crear terribles problemas, desde los gritos hasta la lapidación, y no quería servir de escape al miedo que les mantenía cautivos.

Les habló y hasta les gritó, sin producir el más mínimo efecto visible. Entonces se colocó, sentado sobre los talones, al alcance de su aliento, a la espera de que terminara aquel extraño hechizo. Por fin uno de ellos murmuró:

–¿Cómo podemos responder?

Las palabras surgieron a la vez de todas las bocas, como si se hubiera abierto la puerta de un gallinero, salpicando el aire de plumas y excrementos. El mendigo del porche sacudió la cabeza, convencido de que los pandits acababan de perder la suya, y refunfuñó:

–¿Qué pasa?

Y aquellos hombres orgullosos, que habitualmente le hubieran ignorado, se apresuraron a describirle su encuentro con el rey. Sin duda necesitaban contar, exorcizar su pánico, persuadirse de que no estaban viviendo un mal sueño. De pronto tenían cuatro años y desahogaban sus corazones infantiles, hablando en un total desorden. A medida que sus palabras se hicieron más reposadas, las frases fueron tomando sentido y al final coincidieron, hasta que se callaron después de esta última frase:

—Entonces nos pidió que le dijéramos quién de los dos, Dios o él, es el más poderoso de este mundo, y que justificáramos nuestra respuesta sin disimular.

—Comprendo. ¿Y qué? —contestó el mendigo del porche.

—¿Cómo que «y qué»? Pues que, sea cual sea nuestra respuesta, moriremos o algo peor.

—¡Dios insufla la vida y escoge la hora de la muerte!

—¿Pero quién se atreverá a decírselo?

—Yo —dijo el mendigo—, yo puedo contestar a la pregunta y justificar mi respuesta.

—¿No temes morir?

—Mi vida presente no es apenas amable, pero no la arriesgaré.

Los pandits mostraron un repentino interés por aquel hombre sereno que parecía ignorar el riesgo que corría. La deliberación fue breve. Si alguien tenía que morir o que blasfemar, mejor que fuera él, ya que se ofrecía en sacrificio. Seguro que los dioses podrían concederle vidas mejores en reconocimiento a su abnegación. En cuanto a ellos, se comprometieron a rezar por él, e incluso a realizar los ritos funerarios con los cuales, dado lo pobre que era, no podía contar. ¿No era cierto que, al darles la vida, se convertía un poco en su padre? El mendigo les observaba, temblorosos e hipócritas, con una sonrisa en los ojos.

—Quedamos en ello —dijo—, yo responderé al rey.

Volvió al pórtico y se instaló de nuevo junto a su escudilla, que agitó bajo la nariz de los pandits, y todos depositaron en ella limosnas considerables, mientras murmuraban su sincero agradecimiento. Claro que es natural que el donante agradezca a aquel que le permite ser generoso y así ganar méritos para sus vidas futuras, pero hoy sus bendiciones iban en proporción al alivio que sentían.

Dieron algunos pasos por la calle principal y se volvieron, llenos de incertidumbre:

–¿Estarás aquí mañana?

–Sí, como todos los días.

–¿Y responderás? ¿Lo prometes? ¿Lo juras?

–Responderé, Indra es testigo.

El poderoso dios Indra no dejaría pasar una traición sin fulminar con un rayo al eventual perjuro, de modo que se volvieron a sus casas aliviados, cansados y deshechos de tanta emoción, sin la menor vergüenza por haber empujado sin compasión a un ignorante a ser degollado, y reconfortados al considerar que era él mismo quien se había ofrecido y que se trataba, sin duda, de la voluntad divina.

Unos comieron poco, otros se inflaron como si tuvieran que devolver la sustancia a su vida, y todos permanecieron pensativos, temiendo que el rey pudiera considerar un ultraje que respondiera un mendigo en su lugar.

A la mañana siguiente, enviaron a un criado a buscar al mendigo, para que se lavara y vistiera correctamente. Uno le propuso un hábito de monje, otro le ofreció una vestimenta de mercader, otro habló de desnudarle por completo y cubrirle de cenizas como un renunciante. El mendigo del pórtico les despidió a todos con una palabra definitiva:

–Yo soy Lo que Yo Soy.

Cuando el rey mandó llamar a la asamblea de los pandits, tuvieron que decidirse a aparecer ante él con aquel hediondo harapiento, ya que ninguno de ellos quería arriesgarse a responder.

En la gran sala de audiencias, el grupito parecía abrumado por la suntuosidad del monumental lugar. Sólo el mendigo llegó como un niño cándido, feliz y maravillado. La voz del rey bramó bajó las bóvedas incrustadas de pedrerías.

—¿Qué hace ese nauseabundo intocable entre vosotros?

El más anciano del grupo respondió con florituras que habían hallado para él a ese gran sabio, ese supremo renunciante que había aceptado responder sin disimulo a la pregunta real.

La mirada penetrante del rey examinó al adulador y al mendigo.

—¿Quién eres tú? —preguntó al pobre diablo.

—Yo soy Lo que Yo Soy.

—¿Cuál es tu nombre, tu casta, tu familia, tu pueblo?

—No tengo nada. Soy. No tengo ni casta, ni familia, ni pueblo, ni nombre.

—¿Has perdido la memoria?

—Sin pasado ni futuro, no tengo memoria.

Qué hombre tan raro. Debía de ser un loco o un sabio. Faltaba preguntarle quién era el más poderoso, Dios o el rey.

—Tú eres, probablemente, el más poderoso, Señor —aseguró el mendigo.

Un silencio palpable cayó sobre la gran sala. Los pandits contuvieron la respiración. ¡Aquel desgraciado acababa de comprometer sus mil vidas futuras para salvar su existencia de pordiosero!

—¡Pruébalo! —tronó el rey.

—Señor, sólo tú puedes desterrar a alguien fuera de tu reino.

La asamblea entera recuperó de golpe el aliento. Los pandits mostraron su satisfacción y el rey mandó traer una guirnalda de rosas olorosas al mendigo del pórtico, decidió sobre la marcha nombrarle consejero suyo y le gratificó con el nombre de Satya, «Verdad», para comodidad de sus relaciones cotidianas.

El grupo de sabios se marchó parloteando, y olvidó allí a Satya que, por otra parte, no les necesitaba. Tras los gruesos cortinajes, los guardias oyeron, estupefactos, cómo reía el rey con el ex-mendigo. Pronto recibieron, de labios del propio rey, la orden de dejar al nuevo familiar libre acceso a sus apartamentos privados y de permitirle circular a su antojo por el palacio. Satya recibió aquellos favores como lo más natural. Sus maneras rústicas, su mirada franca y su palabra clara crearon un círculo de hierro a su alrededor, que le separaba de los educados cortesanos y criados. Pocos le perdonaban que se permitiera lo que ellos se prohibían. Pero por temor al rey se mostraron, si no amables, por lo menos educados.

Una mañana, cuando Satya entró en el salón del trono, lo encontró desierto. Vagó de un bajorrelieve a otro, de un tapiz a una colgadura, y se halló, sin proponérselo, ante el trono, que era una especie de lecho gigante cubierto de cojines y telas de seda, sostenido por cuatro pilares con forma de monstruos marinos, que simbolizaban el poder de renovación que brotaba del reino. Un bonito trono, verdaderamente. Quiso probarlo, trepó sin miramientos a la grandiosa sede y allí, desde lo alto, observó con indiferencia la sala.

Los primeros cortesanos que franquearon el umbral del venerable salón alzaron los brazos al cielo y gritaron espantados que se había producido un indiscutible y grave ultraje. Un trono no podía ser profanado de esa manera por un trasero de mendigo advenedizo. Satya debía morir.

–¿Quién te crees que eres, loco?

–Yo soy Lo que Yo Soy.

–¿Eres un príncipe?

–Soy más que eso.

Se levantó un murmullo.

–¿Eres un rey?

–Soy más que eso.

El rumor creció de amplitud.

–¿Eres un dios?

–Soy más que eso.

La algarabía aumentó y rodó como una ola, tendiendo aquí al silencio y allá a la tempestad.

–¿Eres el Absoluto?

–Soy más que eso.

–¡Imposible! ¡Dinos! ¿Quién eres?

–Yo no soy nada.

23

Shiva Lingam

El asceta había vivido largo tiempo a orillas del Ganges, había estudiado doce años junto a un maestro y había meditado otros doce años él solo, concentrado, sin permitir nunca que su mirada o su pensamiento se desviaran de lo esencial.

Un día ocurrió que un pájaro en vuelo dejó caer el excremento sobre su cabeza. El asceta fulminó al insolente con la mirada y, abrasado por su cólera, el animal cayó de inmediato, hecho ceniza.

–¡Ah! –se dijo el hombre–, ¡qué poder! ¡El éxito ha coronado mis esfuerzos!

Satisfecho, se levantó, recogió los restos del pájaro, y fue a tirar al Ganges al mensajero de su grandeza. Luego partió como todos los días al pueblo cercano para mendigar su sustento.

Se detuvo delante de una casa amiga y cantó un himno sagrado. La dueña del lugar apareció en seguida y le tocó los pies con devoción. Él la bendijo. Cuando ella se disponía a echar arroz en su escudilla, se puso a llorar en la casa un bebé y entró a toda prisa para atenderle. Después regresó a la puerta con el niño lloroso en brazos:

–Un momento, venerable, en cuanto le consuele vengo a servirte.

Le dio el pecho, le cambió los pañales, le acostó, le meció, y por último le durmió en su hamaca.

Entre tanto, el esposo había vuelto del campo y ella fue corriendo a quitarle el calzado. Después le llevó té para que él esperara mientras ella le servía la comida, y aguardó con paciencia a que manifestara el placer de la saciedad y pronunciara la oración ritual, antes de recoger la mesa. Entonces regresó con el arroz, las legumbres y la leche junto al asceta, que seguía esperando.

—Perdona, *swamiji*[1], aquí tienes la comida.

Él la fulminó con la mirada.

—¡Oh! –le dijo ella–, yo no soy un pájaro, soy una madre y una esposa, ¡y tengo que cumplir con mis obligaciones de madre y esposa!

El asceta se quedó boquiabierto. ¿Cómo esa mujer, que no había practicado veinticuatro años de terribles austeridades, podía leer así sus pensamientos? Se prosternó a sus pies:

—Madre, ¡perdona mi desvergüenza, instrúyeme, sé mi maestro!

—No tengo tiempo –contestó ella–; además, yo no soy más que una discípula. Probablemente mi maestro aceptará enseñarte él mismo.

—Madre, ¿cuál es su nombre y cómo puedo encontrarle?

—Ve al templo del pueblo, es el brahmán responsable de realizar allí los rituales, le encontrarás sin dificultad.

El asceta se asombró: ese brahmán no era en absoluto un sabio, sino un hombre casado, padre de familia, que no tenía nada de renunciante. Volvió a su choza a orillas del Ganges, dando vueltas en su cabeza a la aventura. ¿Debía estudiar a los pies de un padre de familia, un hombre asentado en el mundo, o continuar su camino solo? Aquella mujer era sorprendente. ¿Cómo había podido adquirir semejante poder limpiando críos y mondando legumbres?

Tras sopesar largamente dudas y deseos, decidió arriesgarse a ir al templo, donde el brahmán le enseñó de buen grado todo lo que un erudito debe saber. El asceta le escuchó y mo-

---

1. Venerable maestro, título respetuoso.

vió la cabeza. Seguía sin comprender cómo aquella mujer había alcanzado tal nivel espiritual. Dio un suspiro y preguntó:

—La madre de allá abajo, a la entrada del pueblo, ¿cómo puede conocer nuestros pensamientos y nuestros actos a base de limpiar a los niños y expurgar el arroz?

—Es una verdadera madre y esposa, y sabe dónde está Dios.

—¿Y tú? ¿Y por qué yo no?

—¿Somos suficientemente sencillos?

—No te entiendo.

—Pues ve a ver a mi maestro, arriba en la montaña. Él te lo explicará.

—Por favor, dime su nombre y cómo encontrarle.

—Ve hasta el pueblo de allá arriba y pregunta dónde vive Sudana.

El asceta partió hacia el pueblo de la montaña para buscar a Sudana. Mientras sudaba, cuesta arriba, contemplaba aquel nombre apasionante y terrible: Sudana, «matador». El maestro iba a matar el ego, a destruir la ilusión, ¡qué maravilla!

Al aproximarse al pueblo, un olor soso le inquietó. Había allí, muy cerca, una carnicería. El lugar era impuro. ¿Debía seguir su camino? ¿Podía contaminar veinticuatro años de ruda ascesis cruzando la ruta de un carnicero? ¿Debía avanzar con valentía, pasara lo que pasara, hacia el maestro capaz de señalarle la Realidad suprema?

Se alejó del pueblo y buscó desesperadamente un río o una fuente para bañarse y purificarse. Una vieja se acercó por el camino con un haz de leña.

—Madre, ¿puedes decirme dónde vive Sudana?

—Adonde vive Sudana nadie puede ir. Sólo puedes estar allí. Pero su apariencia la encontrarás a la entrada del pueblo, en la primera casa blanca adosada al matadero.

—¿Cómo es posible?

—¡Es posible! —dijo ella, riendo. Y desapareció como bruma al sol.

Él permaneció un momento perplejo al borde del camino y luego decidió dirigirse a la casa que le había señalado el bastón de la vieja. Había visto tantos prodigios que había concebido demasiadas esperanzas como para poder retroceder.

Cuando llegó a casa de Sudana, vio que estaba despedazando tranquilamente una vaca. ¡Una vaca, sí, el animal sagrado por excelencia! El asceta se estremeció. Probablemente había ido a caer en la trampa de un demonio. ¿Quién, si no, se atrevería a matar y despedazar un animal concebido y bendito por el propio Brahma el mismo día que el primer brahmán?

—Saludos —dijo el carnicero—, te esperaba. Siéntate un momento, pues debo acabar mi tarea. Nací en la casta de los carniceros y mi deber es realizar este trabajo. Cuando termine, hablaremos los dos.

El asceta, estupefacto, habría querido huir, pero era demasiado tarde. Permaneció, pues, de pie, sin atreverse a apoyarse en ninguna de las piedras de alrededor, ya que podían estar manchadas de sangre. La cabeza le hervía de preguntas: «¿Qué crimen he cometido para sufrir semejante prueba? La madre que me alimentó durante tantos años, ¿sabía que su poder es impuro, que le viene de un demonio? ¿Cómo me ha podido enviar aquí un brahmán responsable del templo?».

Contempló cómo realizaba Sudana su terrible obra y observó, con horror, que utilizaba un *lingam* sobre la balanza para pesar la carne.

—Oh, Sudana, me gustaría comprobar si esa piedra es acaso el insustituible símbolo de Shiva, que mis ojos perturbados parecen ver.

Sudana limpió la piedra y se la tendió. El asceta la examinó con manos temblorosas.

—Su forma es perfecta, sin fisuras. ¿No sabes que debe ser honrada con flores, pasta de sándalo, jugo de nuez de coco e incienso? Déjamela y la llevaré al río para purificarla y santificarla con largas oraciones. ¡No debe usarse para pesar carne sino que debe incorporarse al altar de un templo!

–Si así debe ser, que sea –dijo Sudana.

El asceta se marchó, pues, con su piadoso tesoro, lo lavó y lo purificó mediante largos rituales purificadores. Mientras recitaba las Escrituras, surgió una voz del *lingam*:

–¿Por qué me has traído aquí? ¿Qué haces conmigo? ¿Por qué no estoy ya en manos del carnicero? Con lo feliz que era yo en sus manos. Sus gestos eran tiernos, su corazón no me veía más que a mí, no cantaba más que para mí solo. Tú no rezas, mendigas. ¿Para qué me molestas? Devuélveme a Sudana. Él me lo ha entregado todo, incluso la oración.

El asceta se sobresaltó y tartamudeó, espantado. No comprendía nada de lo que veía y oía pero llevó la piedra al carnicero sin decir una palabra. Sudana la recibió en silencio.

Cuando terminó su trabajo, Sudana recitó una plegaria, fue a por agua, se lavó las manos y la cara, y se reunió con el asceta, inquieto y petrificado.

–Qué quieres? –le preguntó.

–La sabiduría –dijo, esperando, a pesar suyo, que aquella prueba fuera divina y no demoníaca.

–«Lo que Es, Uno sin segundo» es la esencia de la sabiduría –dijo Sudana.

–Ya lo sé –dijo el asceta.

–Lo sabes, pero ¿lo sientes en tu cuerpo, en tu corazón, en tu espíritu?

El asceta, defraudado, abrió la boca para hablar y la volvió a cerrar. Después se fue y echó a andar al azar, sintiendo que la locura le invadía. Se ahogaba, incapaz de volver a la superficie para respirar, atrapado por un oscuro vértigo. Desesperado, se dejó hundir, con el ánimo perdido, sin certeza ninguna, sin gusto por vivir. Más allá de la inteligencia, más allá de los dogmas y de las Escrituras santas, más allá del apego al mundo y al cuerpo, tocó un fondo desconocido. Se apoyó en ese fondo tenebroso, tomó impulso y volvió a la superficie, extrañamente ligero.

Volvió al pueblo pero, al ver a Sudana, su indignación resurgió, hasta el colmo.

El carnicero dormía con los dos pies apoyados sobre el *lingam* de Shiva. ¡Esta vez era demasiado! El asceta sacudió con brusquedad al carnicero.

—¿Así es como respetamos a Shiva? —gritó.

—Tienes razón —dijo el otro—. Tengo que respetar a Shiva. Dime dónde puedo poner los pies para evitar que estén en contacto con lo divino.

—Donde sea, pero ¡no en el sagrado *lingam*!

—De acuerdo —dijo Sudana.

Se alejó unos pasos, extendió la estera y se tumbó encima. Bajó sus pies surgió, espléndido, un *lingam* perfecto.

Turbado, el asceta le cogió los pies para ponerlos en otro sitio. Al tener abrazados los pies del maestro, él mismo se convirtió en *lingam*. Entonces brotó de su corazón una voz sin palabras.

—Sólo Él Es. Ya lo sabe tu ser. Ahora vete en paz.

24
Allanar los obstáculos

El rey se aburría: no tenía batallas que dirigir, ni crímenes que juzgar, ni una nueva esposa en palacio, ni tan siquiera una joven criada a la que gastar bromas. Su vida olía a cerrado. Una mañana, por hacer algo que le sirviera de distracción y entretenimiento, decidió ir de paseo y dar, de sopetón, una vuelta por su reino. Contaba con que, al llegar sin previo aviso a los pueblos, encontraría algún entuerto que deshacer o alguna monada a la que remangar; en definitiva, alguna diversión. Montó a horcajadas sobre su caballo y partió al instante.

Sus súbditos eran buena gente, y tan trabajadora que no encontró nada que criticar en el primer viaje, ni en el segundo, ni en el tercero, ni en ningún pueblo adonde galopó. Las mujeres eran tan modestas y tan castas que su ojo al acecho volvió sin saber si lucían un buen palmito o un talle esbelto.

Con todo, el aire libre le había sentado bien, por lo que decidió detenerse en el pueblo siguiente para comer algo y dormir la siesta. A los vecinos les había llegado el rumor de que el rey se estaba paseando, por lo que habían barrido la calle mayor, habían repintado los *mandalas* y otros dibujos de buen augurio ante las puertas, y habían colocado hojas de palma, trenzadas en banderolas, a lo largo del previsible paso del soberano.

El rey, apaciguado por la larga cabalgada, hizo, pues, un alto y echó pie a tierra con júbilo. Estaba satisfecho de todo,

127

de la gente, del buen tiempo, de sí mismo, y avanzó por la calle mayor saludando a derecha e izquierda. Pero, ¡ay!, apenas había dado diez pasos cuando su pie izquierdo tropezó con una piedrecita, tan pequeña que las escobas la habían olvidado y tan fina que hirió el pie real. Porque el pie estaba desnudo. En aquel tiempo lejano todos iban sobre sus patas de atrás tal como la naturaleza las había confeccionado. El pie real era sensible, acostumbrado a las mullidas alfombras y a las lisas baldosas del palacio y no a las asperezas del camino. El rey dijo:

—¡Uy!

Se rompió el encanto. Al momento recuperó su mal humor y habló de negligencia, incluso de atentado, saltó sobre el caballo y prometió enviar al ejército a inspeccionar el pueblo antes de su cercano regreso. Amenazó con pasar a todo el mundo por el filo de la espada si un solo guijarro le estorbaba la próxima vez.

Pocos días después, hallaron al jefe del ejército examinando el lugar. Fiándose de la descripción del rey, pensaba encontrar una especie de estercolero, una inmundicia peligrosa. No halló más que aldeanos dulces y tímidos, y recorrió un pueblo decorado aún con banderolas hechas con hojas de palma, con todas sus calles y callejuelas barridas y decoradas. Él era un hombre de armas pero no un bestia. Cumplía con su deber de soldado, que consistía en proteger su país, a su rey y a la población. Creyó que se había equivocado de pueblo, interrogó a los notables y se enteró de que el culpable había sido un guijarro gris, minúsculo y cortante, que había actuado solo, y que no tenía en el pueblo ni cómplice ni partidario. En aquel hombre todo era firme, lo mismo el puño que la sensatez. Frente a cualquier otro querellante, se hubiera reído y hubiera partido con sus tropas a ocuparse de otros asuntos, pero había venido a resolver lo que se manifestaba como un malentendido entre esos buenos campesinos y el soberano. Tenía que quedarse allí y encontrar una solución aceptable para el rey y realizable para los aldeanos.

Consultó a los ancianos del pueblo, hizo venir a los brahmanes de los alrededores e incluso envió un mensaje a los de la corte. Todos propusieron ideas inaplicables, desde pasar por el tamiz toda la tierra de ese pueblo y de todos los pueblos que el rey tuviera previsto visitar, hasta distribuir alfombras por todas las calles y caminos del reino. Tras cada sugerencia, llegaba un intocable y decía:

—Tengo una idea

Y, tras cada una de sus intervenciones, los sabios y los notables replicaban con rudeza:

—¡Deja a los espíritus superiores cavilar en paz!

Él se iba, murmurando:

—Sin embargo, sin embargo…

El rey enviaba cada cierto tiempo un emisario a preguntar si podía por fin volver a visitar el pueblo. De pronto, se anunció la previsible catástrofe: ya que no podía adquirirse ninguna certeza acerca de la ausencia de todo guijarro allí donde el soberano decidiera ir, él se anunciaba, harto de esperar, y fijaba su llegada para dos días después.

El pánico sobrecogió a todos, el pueblo fue sacudido por la fiebre, las escobas reemprendieron su danza y el templo recibió más visitas y donativos que en un año. El intocable, con el dedo sobre la punta de la nariz, volvió a decir:

—Tengo una idea.

Y, por primera vez, no le rechazaron, ya que siempre era bueno oír una idea, cualquiera que fuera su autor, en esas circunstancias poco menos que apocalípticas.

—Habla —le dijo el militar—, pero ¡cuidado con lo que haces! ¡Si sueltas una tontería, te hago empalar sobre una estaca enjabonada!

—Dios me guarde —respondió el amenazado-. Ofrezcamos unos zapatos al rey.

–¿Unos zapatos? ¿Qué es eso?

–¡Son vestidos para los pies! Nosotros no podemos cambiar el mundo, ¡pero podemos cambiar la forma de entrar en contacto con él!

–Es una buena idea, en efecto. Pero ¿de dónde vamos a sacar esos zapatos que aliviarán nuestras preocupaciones?

–Yo puedo coser un par, si quieres –respondió el hombre–. Sé trabajar todos los cueros.

Según las indicaciones del zapatero, partió un emisario hasta el palacio, espoleando a su caballo. Cuando supo que los aldeanos deseaban honrar su augusta huella, el soberano condescendió a imprimir la señal de sus pies en la arcilla. El caballero transportó el modelo de un solo galope y se tallaron, cosieron y bordaron unos zapatos, de cuero grueso por debajo y de cuero flexible y suave por arriba. El artesano trabajó toda la noche, y luego la huella real fue depositada en el templo, donde recibió cantidad de flores, incienso y plegarias para ablandar el ánimo del soberano.

El rey, recibido con temor y boato, se mostró sorprendido y encantado de ver sus pies vestidos y extendió pronto por todo el reino y más allá la moda de los zapatos. El pobre zapatero se hizo rico y famoso, pero no por ello vanidoso. Quien se ocupa de los pies, ignora las alturas.

Parece que, desde entonces, los brahmanes y los guerreros, aun siendo castas superiores, aceptan a veces escuchar a los intocables, los inferiores, los niños y los locos. A veces incluso a las mujeres, ¡aunque con la prudencia que conviene observar con estos seres! Se dice que son tan cambiantes como el cielo de primavera.

25
El sabor de la ilusión

El hombre navega en su barca, colándose por entre las raíces aéreas de los mangles y el follaje de especies entremezcladas que llenan de sombra la bóveda vegetal. Hunde el remo en el fondo viscoso y propulsa la embarcación con un amplio movimiento poderoso. El limo sube tras él y enturbia el río, liberando unas formas ondulantes: residuos vegetales y glaucas serpientes de agua. Está bastante tranquilo. Para alejar a los tigres devoradores de hombres, lleva dos máscaras, una sobre el rostro y otra sobre la cabeza y la nuca. Los ancianos han dicho siempre que el rey de la selva no ataca nunca a quien le mira de frente fijamente. Además, se cantaron oraciones antes de su partida. Se siente puro. Dominando todos sus apetitos, ayunó y se mantuvo lejos de su esposa. Esa mañana, tomó un baño ritual y se puso ropa limpia. Por último, tuvo mucho cuidado de no pronunciar el nombre del animal. Durante su ausencia, su mujer ayuna y no se marca en la frente la señal de las mujeres casadas, para que nadie pueda quitarle lo que ella no acapara.

Al circular por el manglar, espera que el matador, a pesar de su paso ligero, se hundirá en el lodo y se verá impedido para atacar. Sin embargo, hasta que alcanza el centro del río donde sube el sol de la mañana, el hombre no se siente a salvo por algún tiempo. Aunque el tigre sabe nadar, en el agua carece de apoyo para saltar inopinadamente. Basta, se dice, con estar atento. Echa una larga mirada alrededor, deja caer el ancla, que se aferra a unas raíces, y la barca gira sobre sí misma, sigue la corriente, parece retroceder y, después, se inmoviliza.

El hombre, con gestos comedidos, saca la red del cesto de paja en forma de cántaro. La prepara despacio y con atención y luego se endereza, olfatea el aire, entorna los ojos, atento a percibir matices ínfimos en el color y el movimiento de las aguas. Espera que se olvide la llegada de la barca, que el bulto oscuro del casco se incorpore al paisaje, que la vida retome su curso. De pronto, con un gesto fulminante, el brazo gira, se retuerce, oscila, y la red levanta el vuelo como una nube de insectos pardos y se despliega sobre un banco de peces que intentaban aprovechar la sombra.

El hombre deja que la red se deslice un momento antes de iniciar la tracción que la devolverá a la embarcación. Destellos blancodorados agitan el agua y las mallas. La frenética agitación de sus presas hace sonreír, bajo la máscara, al pescador satisfecho. Levanta, con paciencia, la pesada carga, que colea en el liso fondo antes de languidecer y volver a caer con sacudidas cada vez menos vivas, cada vez menos frecuentes. Una nueva mirada a su alrededor le informa de que él es el único predador a la vista. Eso le tranquiliza.

Arranca el ancla, enrolla la cuerda, quita la vegetación que ha quedado entre los garfios, deja caer la barra central del ancla en medio del rollo y deposita los cuatro ganchos hacia arriba como una cobra dormida en el cesto del encantador. El hombre es feliz, la vida es bella, el día radiante, la pesca fructuosa. Recoge el rosario de ciento ocho flores que ha hecho descender sobre él la protección de los dioses y, pronunciando una plegaria al espíritu del río, lanza la fragante corona a la corriente. Sólo entonces endereza el remo y emprende el regreso hacia la orilla. El sol ya está alto y, unido a la sal dejada por el agua, le quema la piel. Huyendo de la luz, los peces se han sumergido demasiado profundamente como para ser alcanzados. En el rabillo del ojo y en la comisura de los labios, el sudor, que gotea y se desliza bajo la máscara, altera la percepción del mundo. El hombre desliza una mano furtiva para modificar con un dedo los surcos que marcan el camino desde las cejas y los párpados. Después se asegura rápidamente de que ningún cocodrilo y ningún tigre han percibido, desde la orilla, su momentáneo desvío.

De nuevo a la sombra de las raíces y los troncos enmarañados, tiene que estar atento: el olor del pescado y del sudor son señales poderosas para aquel a quien en su tribu llaman «rai sahib». El enorme felino es ágil, capaz de acosar a su presa avanzando de rama en rama hasta el lugar propicio para el ataque. La selva es tan densa que allí reina constantemente la penumbra y, tras su larga exposición a la reverberación del sol en el agua, el hombre es una presa ciega.

Sin embargo, lo único que acompaña hoy al hombre hasta la orilla es el miedo. Arrastra la barca y la fija, enrolla la red y la echa de un golpe sobre su hombro. Por encima de las altas hierbas del ribazo divisa la parte superior del templo de su pueblo, da gracias a Dios por haberle protegido y suspira mientras se quita las máscaras ardientes que le ahogan.

Allí delante, entre las hierbas, una mirada amarilla le contempla. La fiera está tumbada y no siente la menor impaciencia. Todo lleva su tiempo y la captura está asegurada.

El hombre siente que un mudo aullido infla su pecho, mientras un sudor, helado de pronto, le corre por la espalda y los riñones hasta el trasero. Las sienes se aplastan en la cabeza vacía y el corazón le late en la garganta. A la parálisis de todo su ser sucede una prodigiosa reanimación y todo en él quiere correr salvo las piernas, muertas y petrificadas. De repente todo le arde: el sudor, el estómago, las pantorrillas, y, por fin, el cerebro recupera el poder. Es preciso que dirija al tigre una mirada de piedra. El hombre lo sabe. Se desliza, paso a paso, hacia atrás y abandona la red en la hierba para desviar al animal hacia otras presas.

El tigre observa, tranquilo. El hombre da un paso más. El felino se incorpora perezosamente y, con indiferencia y algo molesto, vuelve su ancha cabeza cuadrada hacia la grupa. Así exhibe el poder de su pecho y la agilidad de sus músculos. Su oreja ondea, atenta al menor roce. Luego vuelve la enorme mariposa de su rostro hacia el hombre, cuyo corazón enloquece, y parece bostezar, pero lo que hace es emitir un largo aullido.

Los mil ruidos de la jungla se apagan de golpe y todos los vivientes escuchan. ¿De dónde proviene la amenaza? ¿A dónde se dirige? El hombre lo sabe. Salta por encima de lo que le impedía deslizarse más allá. Salto funesto, ya que cae en un profundo hoyo excavado por las aguas en el enrejado de raíces. Su mano se ha agarrado a una ramita al pasar, y se encuentra suspendido casi a ras del río.

Mientras considera cómo zambullirse mejor, advierte bajo él una pareja de cocodrilos, que la caída de tierra y de vegetación acaba de poner al descubierto. Al levantar los ojos ve, primero, la mirada amarilla, y luego, a contraluz, la terrible sombra del tigre inclinado sobre la fosa. Debido a la brutalidad del choque, su brazo está dolorosamente crispado y siente que afloja la presión, a la vez que las raíces de la planta salvadora se desprenden lentamente del suelo. Una gota pesada y blanda le cae en la frente. Desborda miel de una colmena. El hombre olvida por un instante la muerte que se cierne sobre él. Ciego por la urgencia del deseo, saca la lengua, recoge el néctar y lo saborea. De pronto, todo queda atrás, el mundo gira a su alrededor y todo su ser es sacudido.

En su mullido lecho de Calcuta, Gupta se despierta. Su hijo le zarandea alegremente. Mientras él se frota los ojos, el niño pregunta:

—Papá, papá, ¿qué es «el sabor de la ilusión?».

26
El monje y el novicio

La lluvia del monzón restallaba sobre el camino, excavando zanjas y desprendiendo las piedras. El monje y el novicio caminaban con la espalda encorvada. Les esperaban esa tarde en el monasterio situado en la montaña. Avanzaban sin ver a más de tres pasos por delante de ellos. A su alrededor, el mundo había dejado de existir. Un capullo blancuzco y tibio aniquilaba todo ruido, todo color y todo olor. Era fácil ver que no era más que una ilusión.

Se habían quitado las sandalias de cuero, empapadas, que cortaban sus pies arrugados por el agua. Las asperezas del camino se hacían sentir bajo el callo reblandecido que hacía de suela. Sus hábitos monásticos se les pegaban al cuerpo mientras luchaban, como estatuas en movimiento, ayudándose del bastón para avanzar a contracorriente. Raudales de barro devoraban el mundo y giraban a su alrededor, entre sus pantorrillas y rodillas. No avanzaban más que al precio de un considerable esfuerzo, en un mutismo de ronco aliento. Empleaban todas sus fuerzas en colocar un pie delante del otro. A veces les detenía un calambre y, entonces, agarraban con las dos manos el miembro dolorido, lo sacudían, le daban golpecitos nerviosos y lo frotaban para que entrara en calor. Cuando la crispación cesaba, respiraban, aliviados, y partían de inmediato hacia el monasterio perdido en la bruma.

Por fin cesó la lluvia y dejó tras ella una sutil luminosidad, de colores avivados por el agua, y un olor almizclado de musgos y de fango. El camino reapareció y las montañas se mostraron de nuevo en la resaca de las nubes empujadas por el viento. Ellos se detuvieron para retorcer sus vestidos y vaciar el fondo de los cuencos que colgaban de su cintura. Después reanudaron la marcha.

En un recodo del camino les cerró el paso una mujer empapada, que miraba, consternada, el río ensanchado por el monzón.

–Madre –le dijeron respetuosamente, ya que los monjes llaman «madre» a todas las mujeres para alejar el potencial deseo–, ¿por qué te quedas aquí, al borde del camino, contemplando el río?

–Mi casa y mi familia están al otro lado; esta mañana crucé casi vadeando y esta tarde el agua ha subido tanto que no me atrevo a intentarlo.

El novicio la tomó al momento sobre sus hombros y la hizo pasar. Después volvió junto a su maestro. Se miraron un instante para confirmarse mutuamente que era hora de continuar su camino y reemprendieron la ascensión, que duró aún varias horas.

Poco antes de la caída de la noche llegaron a la vista del monasterio. Agotados por el largo viaje, les fue de gran alivio el contemplar el perfil del gran edificio oscuro y la inmensa campana blanca de la *stupa*[1]. Hicieron una pausa para recuperar el aliento. De pronto, el monje se mostró preocupado:

–¿Cómo vas a explicárselo al lama?

–¿Qué tengo que explicar al lama?

–¡La mujer a la que has llevado a hombros!

El novicio se echó a reír:

–Yo la he dejado en la otra orilla. ¿Y tú? ¿De verdad la has llevado todo este tiempo?

---

1. Una estructura sagrada en la que cada parte representa un aspecto de la enseñanza. Dentro de la stupa se colocan reliquias. También es como un templo, un monumento conmemorativo, o también funerario.

27
Jaya y Vijaya

El sabio Sanaka y sus tres hermanos lograron por fin llegar al centro de la creación, a la cima del monte Sumeru, ante las puertas de Vaikuntha, la morada celestial de Vishnú. Su larga práctica del yoga les permitió atravesar sin tropiezos las puertas de los seis primeros círculos. Al llegar al umbral del séptimo círculo no vieron más que a sus guardianes, dos gigantes luminosos: Jaya y Vijaya.

Sanaka y sus hermanos se acercaron, por si acaso, a la puerta. Pero los guardianes, cuyos nombres hablan de conquista y victoria, les cerraron el paso: brillaban con tal luminosidad que los cuatro hermanos quedaron cegados, cautivados y detenidos. En el interior de la luz, Sanaka y sus hermanos se creyeron victoriosos, llegados al objetivo supremo, al encuentro con el divino Absoluto. Se colocaron, satisfechos, delante del séptimo círculo y se pusieron a imaginar lo que dirían a los humanos acerca de su viaje divino cuando regresaran, radiantes, al mundo.

Sanaka meditaba para empaparse de la santidad del lugar, y, en el fondo de su meditación, se gestó una pregunta: «¿Cómo es que, estando unidos al infinito, todavía vemos diferencias entre nosotros cuatro, y entre este mundo y nosotros?». La respuesta surgió, nítida: «No estamos unidos al infinito, sino detenidos por una ilusión terriblemente seductora. ¡Nos creemos liberados y nos instalamos ante la puerta que nos impide estarlo!». Decepcionado y enfadado consigo mismo por haber caído en la trampa del orgullo espiritual, reaccionó de la manera más natural: se puso furioso con el obstáculo que ni él ni sus hermanos habían sido capaces de ver.

–En Vaikuntha no reinan el miedo ni las barreras. Jaya y Vijaya, que habéis creado esta alucinación para impedir que nos reuniéramos con el Infinito, que habéis elaborado una ilusión de diferencia entre nosotros, una separación entre Vishnú y el deseo de Vishnú, ¡malditos seáis! ¡Que se os imponga ir a vagar en la ignorancia y el olvido entre los hombres!

Jaya y Vijaya temblaron bajo la sentencia y suplicaron a Sanaka que retirara su palabra. Sanaka, que había recuperado la serenidad, lamentó su cólera, pero ¿quién puede retirar una palabra? Lo dicho, dicho está. El pasado que ha pasado no vuelve nunca para ser reescrito. Entonces Jaya, Vijaya, Sanaka y sus tres hermanos se remitieron a Vishnú, que interrogó a los dos guardianes del umbral:

–¿Cómo os disteis cuenta de la presencia de Sanaka y de sus hermanos?

–Señor, los humanos eran opacos en la transparencia de Vaikuntha ¿cómo no íbamos a verlos?

–¿Qué diferencia hay, en el Infinito, entre la opacidad y la transparencia? ¿Hay algo fuera de lo Infinito?

Jaya y Vijaya dieron vueltas en todos los sentidos a la pregunta: «¿Hay algo fuera de lo Infinito?», y trataron de responder:

–Señor, si existiera algo fuera de lo Infinito, eso ya no sería lo Infinito.

–¿Es la opacidad otra cosa que uno de los aspectos de la luz?

Jaya y Vijaya permanecieron en silencio, cabizbajos.

–Iréis, pues, a encarnaros sobre la tierra como ha dicho Sanaka, para purificar vuestra mirada.

Ellos se disculparon y suplicaron, pero no sirvió de nada. La palabra pronunciada no podía ser retirada, ni la de Sanaka ni la de Vishnú.

–Jaya y Vijaya, persistís en el error. ¿Qué diferencia establecéis entre la creación y su creador?

–Señor, puesto que el error pertenece también al Infinito, consérvanos a tu lado. No podemos ni pensar en existir lejos de tu presencia.

–Escoged en qué cuerpos volveréis a la tierra: en los de dos ascetas, y me adoraréis; o en los de dos demonios, y me combatiréis.

–¿Cómo puedes proponernos semejante elección? ¿Acaso podemos escoger luchar contra Ti?

–Sabed que cada uno de vosotros tendrá que reencarnarse en diez ascetas que me adoren o en tres demonios que me combatan, antes de volver a ser mi guardián.

–Señor, ¿cómo van a poder los demonios reunirse contigo más deprisa que los ascetas?

–El amor es un vínculo, desde luego, pero ocurre que el amante olvida, alguna vez, aquello que ama. El odio es un vínculo más fuerte, porque el que odia no vive más que en función del objeto aborrecido, al que consagra todos los pensamientos y todos los instantes.

–Entonces seremos demonios. ¡Haz, Señor, que nuestro odio sea implacable!

Y así fue como Jaya y Vijaya se encarnaron entre los daitya bajo la forma de los demonios Hiranyaksha y Hirayakasipu; entre los rakshasa, bajo la forma de los demonios reyes Ravana y Kumbhakarna; y, por último, entre los danava, bajo la forma de los gigantes Sisupala y Dantavaktra. Su combate contra Vishnú les condujo a combates encarnizados cuerpo a cuerpo con el dios mismo. Cada vez que murieron fue por obra de su mano, o bajo su pie, siempre por él y junto a él. Como todo verdadero contacto con lo divino no puede más que salvar a aquel que ha tenido la suerte de establecerlo, Jaya y Vijaya recuperaron, pues, en tres etapas, el recuerdo y la custodia del umbral divino, y ahora están allí donde Sanaka los encontró: entre la infinita ilusión y la Infinita Realidad.

Así que vosotros, si llegáis a Vaikuntha, tened cuidado de que no os seduzca y detenga su resplandor. Y recordad esto: ¡aquel que cree que un «yo» ha llegado, acampa revestido de orgullo ante la puerta del séptimo círculo!

28
Agra

Si no teméis el dolor de las almas errantes, si pensáis que el filo del amor roto no puede lastimaros el alma, id al fuerte rojo de Agra.

¡Escuchad a las piedras del Musamman Burj, que lloran con el emperador Shah Jahan!

Shah Jahan murió –dicen– y está enterrado en Sikandra. Pero todos saben que en Sikandra fue depositado en tierra sólo un cuerpo, mientras que el alma de Shah Jahan se quedó pegada a los muros del Musammam Burj, agarrada al reborde de la ventana que domina las corrientes del Yamuna y se abre hacia el Taj Mahal.

–Mumtaz Mahal, Mumtaz Mahal –murmura Shah Jahan–, yo vivo aquí y tú al otro lado del Yamuna, en esa tumba que jamás alcanzará tu belleza, sea cual sea el cielo que allí se refleje. Noble señora, «Elegida de mi harén», no he podido ir junto a ti esta mañana, como tampoco he podido desde hace más de tres siglos, desde que Aurangzeb me retiene aquí prisionero. No temas, hermosa mía, tú que dejaste tu patria y a los tuyos para desposar mis andanzas, tú que me seguiste al campo de batalla y moriste al dar a luz en medio de los soldados, no temas tú, fiel mía, amada mía, que yo no me iré de aquí mientras tu alma y la mía no puedan reunirse para deslizarse juntos hacia el más allá.

Mi alma no podía partir hacia Sikandra. Ni la transparencia del Koh-i-noor, la «montaña de luz», ese diamante prodigioso que evoca la belleza del Muy-Elevado y que los hombres han colocado como la luna en la punta del dedo sobre un pilar de oro del jardín, ni el esplendor de los noventa y nueve nombres de Alá grabados en el mármol blanco de las tumbas, pudieron arrastrarme a Sikandra, lejos de ti.

Desde mi ventana, la cúpula del Taj Mahal es transparente para mi corazón. Dicen que cambia de color al hilo del tiempo, que las nubes se reflejan en ella, que el cielo puede contemplarse allí, que resplandece al sol. Yo no te veo más que a ti, no sé más que tu nombre.

Durante ocho años, mi cuerpo aquí encerrado buscó una salida para reunirse contigo. Cada uno de los ocho muros de esta torre octogonal bebió un poco de mi sangre, un poco de mi vida. Después, mi aliento se escapó por la ventana, hacia ti, mi amiga. Unos hombres llevaron mis restos a la tierra. Pero el sufrimiento de la separación, del amor mutilado y desterrado, retuvo aquí mi alma. Espero a que esta torre se derrumbe, hagan falta mil o cien mil años, y yo quede libre para ir junto a ti, para arrodillarme al borde de tu lecho, para tomarte en mis brazos y marchar contigo hacia el Muy-Elevado.

Allá abajo, a la otra orilla del río, respondió la voz del mausoleo:

—Amante mío, amado mío, esposo mío, te espero. Mi corazón se alegra con cada año que pasa, pues la lluvia del monzón desgasta el mármol de la tumba y los días de viento liman mi prisión. Llegará el momento en que mi alma liberada volará hacia ti.

—Mi bienamada, mi alma se estremece e inquieta: ¿seré recibido contigo ante el supremo Juez? ¿Y qué le responderé si me pide que justifique mi vida?

—Le dirás: «Amo y soy amado».

29

Un sueño

Dos sombras se deslizaban en la noche de Ujjain. Eran el rey Vikram y su visir y amigo Butti, que deambulaban a veces por la ciudad con distintos disfraces, ya que esperaban sentir así de cerca las alegrías y las penas del pueblo. Aquella noche, Butti desempeñaba el papel de comerciante y el rey, el de su criado. Salieron de la ciudad antes de que cerraran las puertas y marcharon hacia el oeste. Al atravesar un barrio miserable, oyeron una música.

–¿Oyes eso? –dijo el rey–. ¿Quién puede hacer fiesta a esta hora tardía y en semejante lugar? Sígueme, quiero enterarme.

Llegaron junto a una cabaña de adobe, medio derruida, cuyas numerosas grietas dejaban pasar unos cantos y el sonido de un tamboril.

–A juzgar por la casa, los que viven aquí deben conocer una pobreza terrible. Incluso en este miserable barrio no hay ninguna otra casa tan deteriorada. ¿Cómo conseguirán cantar y bailar así?

Vikram se inclinó para mirar en el interior y lo que vio le dejó estupefacto.

–¿Sabes lo que veo, Butti? Un viejo que llora, una monja o viuda, en una palabra, una mujer rapada, que baila, y un joven de mirada triste que canta y toca el tamboril. ¿Qué pasa? ¿Puedes explicármelo?

–Desde luego que no, Señor. Lo ignoro.

—Entremos, Butti, quiero enterarme, vamos a preguntarles.

—Señor, me parece que esta gente trata de encontrar algo de alegría y sería una falta de delicadeza ir a preguntarles.

Sin atender a razones, el rey Vikram fue hacia la puerta de la chabola y Butti le siguió rápidamente.

—Señor, permíteme llamar. Se supone que yo soy el comerciante y tú mi criado. Deja que yo haga las preguntas a mi manera, intentaré suscitar sus confidencias sin ofenderles.

El joven fue a abrir la puerta y les examinó atentamente.

—Buenas noches. ¿Quiénes sois y qué queréis?

—Somos viajeros de camino hacia Ujjain y buscamos posada para dormir esta noche. Al pasar ante vuestra puerta, hemos oído la música y nos hemos dicho: «No se han acostado». Por eso hemos llamado a vuestra puerta para preguntar por nuestro camino.

—Las puertas de Ujjain están ya cerradas a estas horas. Este barrio es muy pobre y no encontraréis posada en él.

—¿De veras? ¡Qué fastidio! ¿Aceptarías recibirnos por esta noche? Partiremos al alba, y nos conformamos con un rincón oscuro, no queremos molestaros.

—Esta casa está en duelo. Perdonadme, pero no puedo invitaros.

—¿En duelo, dices? ¡Pero si cantáis y bailáis! —exclamó Vikram.

—Eso es asunto nuestro. ¿Con qué derecho os inmiscuís?

—Perdona a mi criado —intervino Butti—, es un hombre sencillo, que se sorprende con facilidad. De todas maneras, si estáis en duelo, permitid que nos unamos a vuestra vela.

—Me sois desconocidos. ¿Qué motivo os empuja?

—Es la costumbre de nuestro país. Cuando la gente es feliz y todo va bien, puede hacer lo que quiera, que nadie se mete. Pero, si llega un duelo, vamos a velar con los que sufren para compartir su pena y tratar de aliviar su corazón. Para vosotros no somos más que unos viajeros, pero somos hombres y nos sentiríamos honrados si nos aceptáis en estas condiciones.

144

–Si ese es vuestro deseo, entrad –respondió el joven–. Gracias por querer compartir la tristeza que nos embarga. Me temo que, por desgracia, nadie puede aliviarla, pero vuestra intención nos conmueve.

Por fin pudieron entrar en la chabola. El viejo les saludó y la joven se cubrió la cabeza rapada, y también parte de su rostro, con un faldón del sari.

–Perdonad mi indiscreción –dijo Butti, fingiendo embarazo–, pero, para que no metamos la pata, tened la bondad de decirnos en pocas palabras de qué hacéis duelo.

–Mi padre, aquí presente, es un pobre hombre, que se encontró viudo muy pronto y trabajó duro para educarme. Soñaba con que yo sería un hombre instruido y trabajaría como escriba en la corte del rey. Ha gastado su salud para pagarme los estudios en una gran escuela y yo he llegado a ser un hombre instruido, desde luego, pero no escriba en la corte.

–¿No has concursado para serlo?

–No hay ningún puesto vacante en palacio desde hace mucho tiempo. Por eso no he podido presentarme.

Vikram y Butti sacudieron la cabeza a la vez. Vikram, perplejo, siguió preguntando:

–¿Pero ese es el duelo especial de esta noche?

–No. Mi padre soñó, la noche pasada, que iba a venir un príncipe esta noche y que se terminaría nuestra desgracia. Pero, por desgracia, ya es media noche y no ha venido ningún príncipe. Mi padre ya no se hace ilusiones. Pidió a mi esposa que comprara una copa de plata para que el príncipe pudiera beber en un recipiente digno de él y, como nuestra bolsa estaba vacía, ella vendió sus cabellos para pagar esa tan hermosa adquisición. Esta noche parece una viuda, tenemos una copa inútil y mi padre está desconsolado. Cantamos y bailamos para él, intentando consolarle.

–Ella no recuperará sus trenzas mañana mismo –dijo el rey–, pero ¿no serás tú, quizá, el ganador del concurso que se celebra mañana en Ujjain para un puesto de escriba?

–¿Hay un concurso en Ujjain?

–Desde luego –prosiguió Butti–, por eso es justo por lo que vamos de camino, porque voy a concursar yo también.

–¿Cómo es posible que unos extranjeros tengan noticia de ese concurso y nosotros, que vivimos tan cerca de la ciudad, no hayamos sabido nada?

–Ahora ya estáis informados. ¡Probad suerte mañana!

–¡Sí, gracias, gracias!

Permanecieron juntos durante unas horas, cantando, y luego Butti, al ver luz por las grietas de la casa, se levantó y saludó a la dueña de la casa.

–Te damos las gracias por tu acogida. Que Dios te proteja y te dé prosperidad. Nosotros ahora tenemos que continuar nuestro camino.

Y dejaron una bolsa a los pies del viejo.

Volvieron al palacio sin tardar e hicieron publicar el concurso para un empleo de escriba en palacio. Todos los eruditos de la ciudad acudieron al gran vestíbulo y también fue el joven, modestamente vestido entre las sedas y los bordados, muy apurado entre aquellos hombres llenos de soberbia.

El asunto de la prueba fue enunciado así: ¿Por qué un viejo llora, una monja rapada baila y un joven canta tocando el tamboril?

Evidentemente, sólo el joven de la noche consiguió relatar una historia con sentido. Y la escribió tan bien que fue designado vencedor del concurso por unanimidad.

Cuando volvió a su casa con la noticia, ofreció a su padre, riendo, té en la copa, y le contó, ensimismado, el enunciado del concurso y su primera entrevista con el rey Vikram.

–Me felicitó, me dijo que se alegraba de acogerme entre sus escribas, y me dijo también que le gustaba tener a su alrededor a hombres capaces de cantar en la adversidad. Pronunció una frase que me emocionó: «En lo más negro de la noche es donde germina la aurora».

30
Todo es para bien

El rey que reinaba en aquella época tenía como consejero a su tío Pratapsingh. El soberano se había felicitado siempre por la perspicacia del viejo y le respetaba por ello. Sin embargo, el sabio tenía la irritante costumbre de considerar siempre los obstáculos como bienvenidos. Pasara lo que pasara, de la alegría a las desgracias, decía: «Todo es para bien», y su inconsecuente optimismo contrariaba mucho a su amo y pariente próximo.

–¿Cómo te atreves a pretender que todo es para bien –le dijo un día, exasperado–, cuando el año ha sido duro, la sequía ha vaciado los graneros y amenaza hambruna?

–Señor, todo lo que Dios hace está bien hecho. Nosotros ignoramos qué utilidad tienen nuestras desgracias, pero, gracias a Dios, deben tenerla, a la fuerza.

–¿Incluso la epidemia que devastó nuestras ciudades y pueblos el año pasado?

–Señor, si todos esos muertos de ayer vivieran aún, ¿cómo ibas a alimentarlos con la escasa cosecha del año?

El rey seguía dubitativo. Al ver que sacudía la cabeza, el consejero le contó lo siguiente:

Un día, un joven capturó un caballo salvaje y le construyó un cercado delante de la granja de su padre, que no dijo nada. Acudieron todos los vecinos, admiraron al animal y juntaron las manos, mientras repetían:

—¡Qué suerte tienes!

—¿Quién sabe? —decía el padre.

El hijo quiso montar al soberbio semental, intentó ponerle una silla sobre el lomo y, al no conseguirlo, se arriesgó a montar a pelo. El animal dio una coz y el hombre cayó y se rompió la pierna derecha.

—Es un error intentar encerrar a un semental rebosante de vida que amenaza con romper la cerca, tu choza y hasta tu cabeza de una coz —dijeron los vecinos al padre—. ¡Mira a tu hijo lisiado! ¿Podrá volver a andar sin cojear? ¡Qué desgracia!

El padre respondió:

—¿Quién sabe?

Los aldeanos se indignaron ante lo que tomaron por indiferencia hacia el hijo.

Ocurrió, sin embargo, que el reino vecino declaró la guerra al suyo y los sargentos de reclutamiento recorrieron pueblos y aldeas para enrolar de oficio a los jóvenes válidos. El hijo cojo se quedó junto a su padre y los vecinos, cuyos hijos habían tenido que partir, decían al padre:

—¡Qué suerte que tu hijo se haya roto la pierna, así se ha quedado contigo y no arriesga sus veinte años por una disputa de reyes!

El padre seguía contestando:

—¿Quién sabe?

El caballo no soportó estar separado de los suyos mucho tiempo, rompió el cercado y se escapó. Los hijos de los aldeanos regresaron todos de la guerra cargados de dinero contante y sonante, de gloria y de botín. Entonces, los felices aldeanos dijeron al hombre cuyo hijo no había sido reclutado:

—Decididamente, no tienes suerte: ya no tienes caballo, tu hijo cojea y no ha recibido soldada ni botín con los que enriquecer a su familia.

El hombre sacudió la cabeza y murmuró:

—¿Quién sabe?

Por la mañana, el semental volvió, seguido por cincuenta caballos tan espléndidos todos como él, que se quedaron allí quietos, puesto que habían escogido a sus amos, y ya no hubo que cerrar la puerta tras ellos.

–¿Habéis visto qué maravilla? –dijeron los vecinos, atónitos y envidiosos.

El hombre siguió contestando:

–¿Quién sabe?

Pratapsingh interrumpió ahí su historia. El rey torció el gesto, cazó una mosca imaginaria delante de su nariz y prefirió cambiar de conversación.

–Tenemos que organizar una partida de caza de jabalí antes de la recogida del algodón. Hay que proteger a los cosechadores y evitar que sean heridos por algún jabalí viejo, celoso de su tranquilidad.

–Sí, señor, me ocuparé de ello ahora mismo.

En el patio del palacio los altivos dromedarios rumiaban lentamente, mientras los camelleros, vestidos de blanco y tocados con turbantes púrpuras, se esforzaban por enganchar los pompones rojos y negros alrededor de los bozales y por fijar las sillas. Al extremo de los poderosos cuellos, semejantes a serpientes, los vibrantes belfos y las minúsculas orejas se meneaban a merced de los ruidos. Nadie se fiaba de los ojos medio cerrados de las bestias. ¡Todos se mantenían a distancia de esas mandíbulas prontas para morder!

Cuando las sillas estuvieron preparadas con varias capas, sabiamente dispuestas, de alfombras y mantas, los príncipes, los dignatarios y el rey salieron de las galerías desde las que observaban los preparativos, treparon a su sitio y se acomodaron confortablemente. Luego, chasqueando la lengua y tirando de las riendas, incitaron a los animales a levantarse. Los dromedarios bascularon hacia delante bajo el empuje de las grupas y de las largas patas de atrás, y se arrodillaron un momento. ¿Acaso rezaban a los dioses para que bendijeran el día? Después se desdoblaron, estirando las patas de adelante y dirigiendo la frente hacia el cielo, con un movimiento enérgico de cuello. Algunos, enfadados por haber sido molestados, gritaron exhibiendo sus dientes amarillos. La caravana se puso en marcha a cámara lenta, como se sale de un sueño, y después se marchó a su danzante ritmo de crucero.

El primero y el último de los cazadores se informaban, a golpe de trompa, acerca de la dirección tomada, la velocidad adoptada, el estado del terreno y la homogeneidad del grupo. Localizaron a los jabalíes y todos los cazadores se llevaron al punto sus trompas a la boca para volverles locos y abatirles en campo abierto, apartados de los frágiles campos de algodón.

El rey hizo un movimiento en falso al tomar su trompa, se le escaparon las riendas y su dromedario partió a grandes zancadas, atropellando a los algodoneros y estableciendo pronto una gran distancia entre la caravana y él. Pratapsingh, al ver al rey en dificultades, fustigó a su montura para alcanzarle, y a duras penas logró llegar junto a él, empujó a su dromedario contra el del rey, agarró las riendas que colgaban del cuello y, finalmente, detuvo a los dos animales. Estos estaban nerviosos y recelosos. Cuando los dos caballeros saltaron a tierra, sus monturas huyeron, corriendo una junto a otra. A lo lejos, tras ellos, oyeron sonar a las trompas que les llamaban, pero no podían contestar, porque las suyas se habían caído en el transcurso de la escapada. Gritaron, pero sus voces se perdieron.

–Señor –dijo Pratapsingh–, busquemos refugio bajo ese árbol y descansemos un poco. Seguro que las tropas os están buscando y pronto nos encontrarán.

–Deberíamos ayudarles, señalar dónde estamos.

–Podríamos hacer fuego.

Recogieron ramitas, limpiaron el suelo a su alrededor para evitar quedar atrapados en una jungla en llamas y delimitaron un lugar con un círculo de piedras. Mientras Pratapsingh intentaba hacer nacer una llama a base de frotar dos bastones, uno sobre otro, el rey, que tenía hambre, cogió un fruto del árbol, sacó su espada y lo cortó. Con las prisas, se cortó la punta del dedo.

–¡Maldita sea! –rugió, sacudiendo la sangre que le teñía de rojo la mano–, mírame, perdido y herido. Con franqueza, Pratapsingh, ¿te atreverás a decirme que todo es para bien?

–Ciertamente, Señor.

–¿Cómo te atreves? Estoy harto de tu ridícula filosofía, ¡márchate de aquí antes de que mi espada te corte tu estúpida lengua o tu cabeza! Salvaste mi vida deteniendo al dromedario y yo te concedo la tuya. ¡Vete!

–Sí, Señor, me voy según tu deseo. Todo es para bien –dijo Pratapsingh, alejándose sin tardar.

El rey se quedó solo, incapaz de hacer fuego y hambriento. Desgarró una tira de su túnica y se hizo un vendaje. La herida le produjo fiebre y se durmió al pie del árbol. Le despertaron unos hombre negros y de pelo rizado, de la tribu de los *bhils*. Iban armados con arcos y flechas y extrañas marcas adornaban sus cuerpos. Agarraron al rey por la cintura, intercambiaron gritos de satisfacción y le condujeron maniatado hasta su aldea de chozas de barro. Allí le ataron al poste sacrificial, junto al altar de piedra.

Era el último día de las fiestas dedicadas a Kali, la terrible diosa. Cada año le sacrificaban una víctima digna de ella y el rey les pareció una víctima perfecta. Bailaron todos, regocijados, mientras su sacerdote recitaba letanías. De pronto lanzó un grito extraño y la multitud se detuvo en silencio.

El soberano, ansioso, aprovechó para parlamentar:

–Dejadme partir. Soy un rey, y obtendréis grandes recompensas si me liberáis.

Aunque nadie daba muestras de entender su lengua, repitió sus promesas:

–Os daré las mejores vacas de mi reino y podréis hacer un gran sacrificio. ¡Dejadme partir!

El sacerdote, salido del trance, parecía embelesado:

–¡Qué suerte! Nunca hubiéramos soñado poder ofrecer a la diosa un sacrificio de tal calidad. ¡Bendito eres, rey, Kali te va a acoger en su seno!

El aterrorizado rey no tenía ninguna gana de ser la oblación ritual a Kali, y daba alaridos mientras le caían encima piedras rojas y ocres. De pronto, el sacerdote vio el vendaje, levantó la mano derecha y paró en seco las celebraciones:

–¡Alto! –dijo–. Este hombre es indigno de la diosa: su cuerpo es imperfecto.

Retiró el vendaje, vio que faltaba un trozo de dedo y se apresuró a soltar al rey, para purificar, después, el altar mancillado por la insultante ofrenda.

Mientras se alejaba, tembloroso, el rey se acordó de las palabras de Pratapsingh y no le costó admitir la evidencia de que, en efecto, su herida había sido «para bien». ¡Le había salvado de la muerte! Se arrepintió de haber tratado mal tantas veces a su tío y consejero. Y, cuando pedía perdón en su corazón, el séquito real apareció entre las chozas del poblado. Pratapsingh había hecho fuego, los cazadores le habían encontrado y el rastro dejado por los *bhils* al arrastrar al rey que se resistía, les había conducido fácilmente hasta allí.

–¿Estás bien, señor? –preguntó Pratapsingh.

–A fe mía –le contestó el rey–, que me han juzgado digno de alimentar a la propia Kali, lo que no es poco honor.

–¿Cuáles son tus órdenes?

–Vamos a ofrecer unas buenas vacas a estos hombres. Tienen una ceremonia entre manos y mi presencia y luego la vuestra la han perturbado. Seamos agradecidos, ya que «todo fue para bien».

Pratapsingh, algo sorprendido, se inclinó hacia el rey:

–¿Ya no estás enfadado, señor?

–No. Tú tenías razón, este dedo cortado me ha salvado la vida. Te traté muy mal. Perdóname, amigo.

–Señor, estoy tan contento de que me despidieras… De otro modo, esos hombres nos hubieran encontrado juntos, yo no hubiera podido advertir a los cazadores y, a estas horas, estaría muerto, puesto que no tengo ninguna herida en el cuerpo. ¡Todo fue, pues, para bien, tanto para ti como para mí!

31
Discípulo

Mohan, el asceta, tenía gran prestancia. Era uno de esos hombres de bien, que parten sin equipaje ni seguridad por los caminos de la India, en busca de la inexpresable y, sin embargo, esencial verdad.

En el transcurso de su marcha errante, se había acercado a esos seres que llaman maestros. El primero, sentado bajo un árbol, vestido con un simple taparrabos, le preguntó:

–¿Quién eres?

El errante le contestó:

–Mohan.

El santo siguió preguntando:

–¿Qué quieres?

Mohan afirmó, con todo su corazón:

–¡La Verdad!

El maestro le miró largamente y con seriedad, antes de decirle, sonriendo:

–La verdad es que estás de pie y puedes sentarte, que el té está servido y que te propongo apagar la sed.

El hombre tenía el porte noble y la mirada profunda. Mohan le encontró desconcertante pero digno de interés. Se sentó, bebió y se quedó con él durante algún tiempo. Enseguida le resultó demasiado simple: no tenía la menor afición por las conversaciones filosóficas que Mohan esperaba tanto. Expuesto al fuego de las preguntas de Mohan, el viejo sonreía, le recomendaba repetir constantemente el nombre de Dios y no decía nada más.

En el corazón de Mohan reinaba un conflicto entre el reconocimiento del estado luminoso, en su sencillez, del maestro y la insatisfacción de su inteligencia. Se decía: «Dios me ha dado inteligencia para que me sirva de ella, ¡no para que masculle sin cesar la misma fórmula como un papagayo!». Sin embargo, el maestro poseía una presencia y una transparencia tales, que Mohan se prometió volver y probar su método si no encontraba a nadie que él estimara capaz de alimentar su hambrienta inteligencia.

Partió y no regresó. Halló al hombre justo, al maestro incontestable, al erudito perfecto. Le sedujeron la presencia y la mirada concentrada del santo. Era un vedantín[1] puro, discípulo riguroso de Shánkara. Mohan se puso a su servicio, guardando las vacas durante el día y estudiando a sus pies por la noche. Llegó a ser un erudito en Escrituras reveladas, textos tradicionales, exégesis. Aprendió a escrutar los caracteres sánscritos, a descubrir su sentido esencial y oculto. Fue estudiante durante doce años, como manda la tradición, sin comprender bien la extraña manera en que su maestro se apoyaba en los textos para liberarse de ellos.

Después de esos doce años, el maestro dejó su cuerpo y este mundo para que cesara el apego a las apariencias y llegara el espíritu. Dejó a Mohan su enseñanza para que la meditara y, antes de abandonar el mundo de las apariencias, murmuró:

–Ve tan lejos como puedas por el camino de la ciencia, adquiere los medios para contestar a todas tus preguntas humanas. Pero recuerda que la ignorancia no es la sombra del saber, y que saber no es conocer. Ni la mente ni la inteligencia pueden abarcar «Lo que Es, Uno sin segundo».

«Saber no es conocer, saber no es conocer…, sa-ber no es co-nocer, sa ver no es co no cer…». Mohan, que sentía que está frase última del maestro era muy importante, remachaba las

1. El que sigue el sendero del Vedanta.

156

palabras, apuraba su sentido, las rumiaba. Lo hizo con inquietud, pues, aunque ahora ya era un erudito, seguía sin saber cuál podía ser el estado del sabio.

Reemprendió el camino, sus alegrías y sus privaciones, hasta un día en que el hambre le dejó agotado a la entrada de una aldea. Los aldeanos, compadecidos, alimentaron y cuidaron su cuerpo roto. Descubrieron su gran saber, tocaron sus pies respetuosamente y le rogaron que se quedara con ellos y les enseñara lo que había aprendido. Mohan comprendió que ese era su destino, ya que, cada vez que él cogía su bastón de peregrino, su cuerpo rehusaba avanzar. Aceptó, pues, asumir el papel sagrado del maestro.

El tiempo pasó, sus largos cabellos y su barba encanecieron. Acudían discípulos, a veces de lejos, para estudiar con él, y él les decía todo lo que sabía, con elocuencia y bondad. Saralah, un niño del pueblo, decidió, al hacerse mayor, que Mohan era el único maestro que deseaba su corazón, pero Mohan, amable mas firmemente, le disuadió de quedarse junto a él.

–Vete, vuelve a tu vida. Yo no puedo ser tu maestro.

Saralah no había querido nunca oír esas palabras repetidas mil veces. Lleno de confianza, había dejado su corazón a los pies de Mohan y no podía imaginar que se pudiera encontrar en otro lugar un mensajero divino mejor, así que insistió.

Mohan era un intelectual, mientras que Saralah era un buen chico, honrado, sincero, cándido, algo tosco y poco refinado. El Vedanta no podía ser su vía. Mohan ni siquiera excluía que el infeliz fuera demasiado limitado para cualquier tipo de vía en esta vida. Sin embargo, Saralah merodeaba sin cesar alrededor del maestro, de su cabaña, de sus discípulos. Esperaba lo imposible, aguardaba una mirada del maestro, un gesto de acogida, una iniciación, sobre todo un mantra, esa fórmula sagrada ofrecida a los discípulos afortunados que la repiten hasta la luz indecible.

Si Mohan expresaba el más mínimo deseo, allí estaba Saralah con el objeto requerido. Y, no obstante, Mohan le seguía repitiendo que se quedara en su casa o se buscara un maestro en otra parte. Entonces Saralah se alejaba un tiro de piedra, se sentaba sin pena ni impaciencia, y esperaba, esperaba... esperaba sencillamente, en la certeza de que ahí estaba el maestro y algún día llegaría la iniciación.

Por la noche, sin que Mohan lo supiera, dormía atravesado a la puerta de su cabaña, para no perderse un suspiro, un movimiento ni un instante de la presencia del maestro. Una noche, cuando Mohan tuvo que levantarse para hacer sus necesidades, se golpeó, en la oscuridad, contra Saralah, que estaba tumbado, y gruñó, irritado: «¡Siempre tú!». Loco de alegría, Saralah se prosternó a los pies del malhumorado maestro. Mohan le había tocado, había entrado en contacto con él. ¡El maestro le había iniciado! ¿Qué le había dicho? «Siempre tú». Ese era, sin duda, el mantra tantos años esperado. Mohan, ocupado por la urgencia que le había despertado, y poco inclinado a enseñar en mitad de la noche, se enfadó y ordenó a Saralah que desapareciera inmediatamente y no volviera nunca si no era llamado de la forma debida.

Saralah, ebrio de felicidad, con el corazón henchido por la grandeza del momento, partió por los caminos, repitiendo con fervor y ternura aquel «Siempre tú», ofrecido por fin a su candor.

Caminó durante meses y años. Caminó sin que la felicidad le abandonara ni un momento. Durmiendo de noche bajo las estrellas, bajo las nubes o bajo la lluvia, comiendo lo que recibía y ayunando cuando nadie se ocupaba de él, permanecía ecuánime ante la limosna como ante las risas burlonas. No tuvo un aliento que no fuera «Siempre Tú», ni una mirada en la que no estuviera el Ser Único. Repetía «Siempre Tú» y su corazón reía de encontrarLe bajo tantas formas. Marchaba, vestido con un gastado taparrabos del color del polvo del camino. Bajo los cabellos enmarañados, sus negros ojos se habían vuelto profundos y transparentes.

Llegó así a una aldea pobre, cuyos habitantes transportaban un cuerpo hacia el campo crematorio. Corrían, reculaban y daban vueltas para alejar del camino a los malos espíritus e impedir que el muerto volviera atrás, hacia el mundo ilusorio que acababa de dejar. Había abandonado un cuerpo y era preciso que acabaran los apegos pasados. Pero el difunto era el hijo único de una viuda y todos temían que se sintiera impedido para partir, retenido en esta vida por el desamparo de su madre. Permanecer entre la muerte y la vida, sin poder ni retroceder ni proseguir su camino, habría hecho de él un siniestro fantasma, una criatura doliente cuyo vagabundeo hubiera provocado daño a la aldea.

Cuando Saralah llegó a la calle principal, los vecinos fueron a su encuentro y le pidieron que rezara por el muerto, ya que no tenían ningún brahmán en el pueblo. La madre le pidió entre sollozos que salvara a su hijo y la salvara a ella de la desgracia y la soledad. Saralah prometió rezar, pero advirtió que él no tenía el poder de cuidar a los vivos y menos el de despertar a los muertos.

Sin embargo, se instaló al lado del difunto, se encerró en la compasión por el sufrimiento de la madre y recitó la única oración de la que estaba seguro que era sublime, ya que la había recibido de su maestro: «¡Siempre tú!». Rezaba con fervor y con sinceridad. Rezaba por aquella madre. Rezaba, y el joven abrió los ojos y llamó, espantado de verse así expuesto en una pira cuando él se sentía muy vivo.

Proclamaron el milagro, y todos los aldeanos se inclinaron a los pies del santo de poderes prodigiosos. En agradecimiento, ofrecieron a Saralah lo más preciado que tenían: uno, un tejido; otro, arroz; otro, algunas monedas. Saralah rehusó las ofrendas.

—Yo recé en el nombre de mi maestro –dijo–, es a él a quien tenéis que darle las gracias.

Con el corazón lleno de gratitud y los brazos cargados de regalos, los aldeanos partieron sin tardanza hacia el lugar bendito donde vivía el maestro. Querían colmar sus maravillados ojos con la visión del santo bendito de los dioses capaz de instruir a semejante discípulo.

Fue un Mohan encanecido y blanqueado por los años quien vio llegar al largo grupo lleno de emoción. Cuando los peregrinos depositaron a sus pies todas sus pobres riquezas, fruto de una vida de trabajo, se sorprendió y preguntó el motivo de su presencia, de su fervor y de su generosidad. Atropellándose al hablar, todos intentaron contar la increíble resurrección del hijo de la viuda por un discípulo suyo, de Mohan. Él consiguió, mal que bien, captar toda la historia, salvo un detalle importante: ¡no sabía de ningún discípulo suyo capaz de resucitar un muerto! Preguntó su nombre y le dijeron:

—Saralah.

Su sorpresa fue total. No dio señales de ella, sino que recibió a cada uno de los hombres y de las mujeres con dulzura y los bendijo a todos y, cuando se disponían a partir, les dijo:

—Volved a casa y vivid en paz, y decidle a mi discípulo que le espero.

Durante este tiempo, Saralah había seguido su alegre camino, sin preocuparse de aquella asombrosa resurrección en la cual él no se atribuía más que el papel de instrumento, de intermediario.

Los aldeanos tuvieron que buscarle. No fue difícil, ya que, por todos los lugares por donde había pasado, la dulzura de su sonrisa y su bondad habían maravillado a la gente. Le encontraron una tarde de tormenta, sonriendo a la lluvia y murmurando al cielo:

—¡Siempre Tú! ¡Siempre Tú!

Al recibir la convocatoria del maestro, se puso en camino con presteza, sintiéndose bendito por aquella llamada, completamente feliz. Pronto llegó junto a Mohan e inclinó a los pies del maestro su cuerpo, su corazón y su alma de discípulo. Mohan le levantó dulcemente, con mano de seda, como se acaricia a un niño. Miró a Saralah y apreció sin dificultad, como todos los que habían tenido la suerte de cruzarse en su camino, la calidad de la Presencia que le habitaba. En voz baja, le preguntó:

–¿Tú eres Saralah?

–Sí, *guruji*[2].

–Pero Saralah, yo no recuerdo haberte iniciado y, sin embargo, tú me has designado como tu maestro.

–Oh, sí, *guruji*, acuérdate. Era de noche cuando tu pie se puso sobre mí y tus labios me dictaron el mantra. Luego me ordenaste partir y no volver a menos que tú me llamaras. Me has llamado y aquí estoy.

–Los aldeanos pretenden que resucitaste a un joven difunto. ¿Qué dices tú a esto?

– *Guruji*, en realidad yo no hice nada, sólo recité el mantra en tu nombre y el joven se despertó.

Mohan, conmovido, se levantó, permaneció un momento en silencio y luego preguntó:

–¿Y cuál es ese poderoso mantra, Saralah?

–«Siempre Tú», *guruji*.

Mohan recordó, de golpe, su irritación y la presencia de Saralah en la noche; se oyó rugir «Siempre tú», y expulsar a Saralah; vio al hombre que corría bajo la luna y desaparecía en un recodo del camino. Las lágrimas se deslizaron por sus arrugadas mejillas y pensó: «¿Cómo he podido llegar así al umbral de la muerte del cuerpo sin haber entrado en el fervor, sin haberme abandonado en lo Indecible, lo Incognoscible, de donde

2. Preceptor, maestro.

surge toda palabra y todo entendimiento? ¿Por qué me he apartado por el árido camino de la inteligencia fría? Me armo de saber y sigo enseñando pero no sé más que palabras, fórmulas, ideas, nada que verdaderamente valga. Saralah, que no sabe nada, conoce el Todo».

Entonces Mohan se prosternó profundamente, con sencillez, a los pies de Saralah, y abandonando toda soberbia, le suplicó:

—¡Enséñame, Maestro!

32
En el filo de una espada

En Gokarna, la ciudad santa al borde del mar de Omán, Prabhulinga, la poetisa, encontró un día a Goraknat, un *hatha-yogui* [1] muy renombrado. Aquel gran hombre consideraba que el dominio del cuerpo por sí solo puede conducirnos a la inmortalidad. Los dos eran fieles de Shiva, y se inclinaron el uno ante el otro.

–Saludos, madre –dijo Goraknat–. ¿Quién eres y de dónde vienes?

–No tengo lugar ni nombre. Sólo quien se conoce a sí mismo puede saber Lo que yo soy. ¿Qué puedo decir, para que me conozca, a alguien que cree que está formado por un cuerpo terrestre? –le contestó Prabhulinga.

Goraknat era el maestro indiscutible de los *hatha-yoguis* y estaba acostumbrado a que le tomaran en serio. Encontró a la dama arrogante y le respondió con aspereza:

–Sólo aquel cuyo cuerpo no conoce la muerte puede llamarse eterno. Todo otro viviente es mortal y transitorio. Este cuerpo que es el mío no perecerá jamás, por la insigne gracia de Shiva, el ejercicio perfecto del *hatha-yoga* y el uso de hierbas sagradas.

Prabhulinga sonrió con educación.

1. Aquel que practica el Hatha-yoga, conjunto de técnicas con las que se pretende adquirir un cuerpo sólido como el ser, sano, exento de sufrimientos y capaz de vivir largo tiempo.

–El cuerpo no es más que un aspecto del todo –dijo–. Es eterno quien realiza la Esencia de su Ser, ¡no quien hace perdurar esta asociación de materias, de líquidos y de humores que llaman cuerpo! Ningún cuerpo ha alcanzado nunca la inmortalidad, pero eso no importa, puesto que el cuerpo está en el Ser, y no el Ser encerrado en el cuerpo.

Goraknat cogió una espada afilada y se la tendió a Prabhulinga.

–¡Madre, intenta cortar mi cuerpo con esta espada y verás a qué inmortalidad me refiero!

Prabhulinga, sin dudarlo, cogió la empuñadura con las dos manos y atravesó de un tajo el pecho de Goraknat, que permaneció impasible. Fue la espada la que sufrió y salió gravemente mellada de la prueba. Prabhulinga cogió otra espada igual de afilada y se la tendió al gran yogui.

–¡Veamos si esta espada es capaz de quebrar mi cuerpo!

–Temo por ti, madre. No quiero matarte. ¿Qué probaría con ello?

–Inténtalo, te lo ruego.

–Madre, seguro que eres una mujer santa. ¿Cómo voy a atreverme a cercenar tu vida?

–¿De qué tienes miedo? Eres inmortal, ¿a qué karma temes? Yo tomo completamente sobre mí este acto, tú no sufrirás por él.

Ante tanta insistencia y confianza, Goraknat empuñó la espada y la abatió sobre Prabhulinga. La lámina atravesó el espacio sin encontrar nada. Su filo no se embotó.

Lo que llamamos Prabhulinga sonreía para siempre.

33
Escrituras

Jayadeva había redactado, en un sánscrito muy puro, el largo poema lírico llamado Gitagovindam. Su mecenas Lakshmanasena, rey de Bengala, le invitó a cantar en su corte los amores del dios Krishna y de la pastora Radha. La reputación de Jayadeva era tan grande que los brahmanes y los príncipes acudieron de todas partes para oírle recitar.

Una vez que todos estuvieron sentados y cuando la música disponía los colores del poema, el mismo dios Shiva entró de pronto en el amplio vestíbulo, disfrazado de brahmán. Al ver su porte altivo, el rey alzó la mano como signo de acogida y esperó a que él hablara antes de volver a dar la palabra a Jayadeva.

–Señor –dijo Shiva–, soy un letrado y no he tropezado nunca con ningún maestro capaz de discutir las Escrituras conmigo. He oído decir que Jayadeva está entre vuestros muros y he venido a conocerle. ¿Puedes indicarme dónde se encuentra?

El rey señaló con un gesto a Jayadeva:

–Aquí está, junto a mí.

Shiva le saludó y miró al poeta.

–Discutamos aquí mismo uno de los textos sagrados que hayas estudiado –le dijo.

Jayadeva permaneció callado un largo rato. El brahmán le impresionaba. Por fin respondió:

–Maestro, no creo que yo pueda discutir contigo las Escrituras santas, porque no soy lo bastante instruido y tú eres, a todas luces, un potente erudito. Yo no podría más que ser tu discípulo.

Shiva rechazó la argumentación y señaló el documento que Jayadeva tenía en las manos:

—¿Quieres decirme qué es eso?

—El texto que tengo que recitar esta tarde.

—¿Qué texto es?

—El Gitagovindam.

—¡El Gitagovindam! ¿Y quién es su autor?

Jayadeva, cada vez más confuso, titubeó:

—Me da apuro confesarlo ante ti y, sin embargo, no decirlo sería mentir, por lo que tengo que reconocer que soy yo el humilde autor del Gitagovindam.

—¿El autor? ¿De verdad?

—Sí, de verdad.

—¿Cómo explicas, entonces, que yo me lo sepa de memoria?

Y ante la asamblea estupefacta, Shiva entonó el poema.

Jayadeva, seguro de que no lo había tomado de ningún poeta humano, escuchó conmovido y maravillado. Comprendió quién era aquel brahmán y se echó a los pies del Maestro de los yoguis:

—Señor, perdóname, me doy cuenta de que nadie lo ha escrito, porque todo lo escribes Tú; de que el cálamo, el papel, la tinta, las palabras y las ideas, todo esto y mucho más es obra Tuya, de Ti que no tienes ni mano, ni papel, ni tinta, ni pensamiento, ni palabras, porque Tú Eres la mano, el papel, la tinta, el pensamiento y las palabras.

Shiva levantó con dulzura al poeta y, al instante, desapareció del gran vestíbulo, no dejando más que un perfume de incienso. Jayadeva, inmóvil ante el trono, oyó entonces cómo el poema brotaba de sus labios, y cada palabra sabía al néctar de la inmortalidad. Él ya no era un poeta sino un manantial, una fuente, un río de sabiduría. El Gitagovindam vivía en él como él nunca lo había visto, ni leído, ni oído.

34
Solo

El rey tenía como consejero a un hombre sabio y bueno a quien trataba como a un padre. A pesar de ello, el rey estaba solo, muy solo. A veces intentaba compartir su pena y pedir consejo, pero nadie comprendía su terrible soledad.

¿Quién le hablaba abriendo sencillamente su corazón, sin la menor reserva, sin proyectos, sin secretos? ¿A quién se confiaba él sin temer ni por él mismo ni, sobre todo, por el país y por todos aquellos cuyo bienestar dependía de él?

Si el rey confesaba estar triste, melancólico, nadie se atrevía a escucharle simplemente y a tenderle una mano o a ofrecer apoyo en silencio. Si el rey estaba preocupado, todos se trastornaban, inquietos, y parecía que sobre el reino se amontonaban ya oscuros nubarrones. Si el rey amaba, su amor amenazaba a la amada desencadenando los celos y la venganza de los menos elegidos. El rey trató de expresar, a base de indirectas, su angustia ante el consejero.

–Señor, ¡nadie más que Dios está solo!

El rey se marchó pensando en Dios, y se propuso buscar a Dios para estar menos solo, por estarlo los dos. Se fue al fondo del jardín, bajo el inmenso pippal que abrigaba un minúsculo templo en el que generaciones de ternura y de devoción habían alisado la piedra. Cada uno daba el nombre que quería a Eso cuya estatua estaba tan gastada que hablaba hoy sobre «El Misterio» con mucha más elocuencia que todas las palabras de los sacerdotes o de los sabios.

Cerca del árbol y de la efigie indescifrable, el espíritu del rey se sintió un poco liberado de su deseo y de su cuerpo. Le pareció ver sin mirada y oír sin oídos, y le habitó una extraña visión: Dios reía y la alegría reía con Él, el dolor pensaba que se burlaba, pero la risa divina no tenía objeto. Luego Dios lloraba igualmente. Y oyó cómo Dios, tan puro, tan inocente, decía, contemplándose en el espejo del mundo:

–¿Quién es éste? ¿Dónde estoy?

Él, el omnisciente, inconsciente de ser, creía estar perdido y ya no se percibía. Entonces el rey, por puro amor, por caridad, deseó devolver Dios a Dios. Su compasión era profunda. Solo, desconocido para sí mismo, sin nadie frente a él, en la unidad perfecta, Dios se buscaba desde… lo que los humanos llaman «milenios». Había creado el mundo en un golpe de sufrimiento, de soledad insoportable, para por fin conocerse, nacer a sí mismo, engendrarse. Esta revelación trastornó al rey. ¡Acababa de encontrar en Dios la imagen misma de su sufrimiento! ¿Cómo podría ir hacia él? ¿Cómo podrían ser el uno para el otro la mano, el apoyo que él sabía hasta qué punto son importantes cuando la cabeza se inclina y el paso desfallece? Tenía que encontrar el camino hacia El Solo. Corrió hacia su consejero.

Cuando llegó, los sirvientes, la esposa y los hijos del consejero le recibieron como es debido, pero nadie avisó al dueño de la casa de la venida del soberano. Después de varios tés, pasteles, frutas y otros dulces, el rey se extrañó de su ausencia.

–Majestad, es que está con Dios. ¿Cómo vamos a molestarle?

–¿Junto a Dios? ¿De verdad?

–Todos los días se retira a lo escondido de su oratorio, cierra las puertas y recita su mantra.

–¿Y ese mantra le pone en presencia de Dios?

–Seguro, majestad, ¡resplandece de tal manera cuando vuelve con nosotros!

El soberano pidió que su consejero se reuniera con él lo antes posible y regresó al palacio.

En cuanto le anunciaron, el rey fue hacia él:

–¿Conoces a Dios?

–Señor, no conozco más que uno de sus nombres. ¡Y ese nombre se hace cada día más profundo, más perfumado, más extenso! Desconozco la insondable grandeza que designa.

–Es una pena –dijo el rey, decepcionado–, me hubiera gustado encontrar a Dios.

–Mi maestro dice que la recitación del mantra permite más que un encuentro.

–¿Más que un encuentro?

El rey estaba sentado al borde de una tapia, con los codos sobre las rodillas y la cabeza en las manos, perplejo. Preguntó:

–¿Cuál es tu mantra?

–Señor, es el muy santo triple canto del Rig-Veda: la Gayatri

–Iníciame, enséñame a decirlo.

–¡Oh, señor, yo no soy más que un pobre ignorante, totalmente incapaz de iniciar a nadie!

El rey no insistió, pero tampoco renunció; sencillamente se fue a ver al brahmán que le había instruido en la infancia.

–Por favor, repíteme las palabras de la Gayatri. Las he olvidado y me gustaría poder recitarlas otra vez. He dedicado demasiado tiempo a los asuntos del mundo.

El brahmán recitó para él:

–«Aum, bhûr bhuvah svah, tat savitur varenyam, bhargo devasya dhîmahi, dhiyo yo nah pracodayât, Aum».

El rey repitió atentamente:

–«Aum, bhûr bhuvah svah, tat savitur varenyam, bhargo devasya dhîmahi, dhiyo yo nah pracodayât, Aum.»

Luego se retiró a sus habitaciones y se puso a rezar con aplicación. Su poder de concentración se hallaba fortalecido, desde luego, y se sintió más en paz que antes, pero no encontró a Dios.

Varios meses después preguntó al viejo brahmán, que no le enseñó nada nuevo. Entonces llamó a su consejero y le recitó la Gayatri.

–Dime, ¿lo he dicho como se debe?

El sabio le tranquilizó:

–Tu recitación es correcta, señor. Pero ¿lo has recibido de un verdadero maestro?

–¿De un maestro? Desde luego que no, lo he aprendido del brahmán que me instruyó en mi infancia.

–Sin iniciación no sirve, señor.

–¿Por qué? ¡Pero si tú repites exactamente la misma fórmula!

El consejero, sin titubear, se volvió hacia uno de los guardias de la puerta y, señalando al rey, ordenó:

–¡Guardias, detenedle!

Los interpelados, estupefactos, abrieron la boca y los ojos pero no se movieron ni un milímetro. Pensaron que el pobre hombre había bebido o que un demonio se había introducido en su cuerpo, y miraron al rey para saber qué respuesta dar al asunto. El rey, indignado por la actitud de su consejero, ordenó:

–¡Prendedle! Se ha vuelto loco.

Los guardias se abalanzaron sobre el consejero e iban a llevárselo cuando él se echó a reír y dijo:

–Señor, ya ves, las palabras no valen nada si el que las dice no tiene la autoridad necesaria para darles poder y Vida.

–Soltadle –ordenó el rey, convencido.

Tomó a su consejero por el hombro.

–¿Dónde puedo encontrar un verdadero maestro?

–Señor, cuando el discípulo está preparado, el Maestro llega.

El rey regresó al fondo del jardín, hasta ponerse bajo el inmenso pippal que había junto al minúsculo templo. Por más rey que fuera, no podía convocar a un maestro, ni podía comprar el estado de discípulo. Sentía cómo maduraba en él la aceptación de ser un principiante tan incompetente e indefenso como un niño de pecho, despojado, vulnerable, humilde.

Curiosamente, eso no le perturbó, al contrario, se sintió casi dichoso de ser tan poca cosa. Entonces una figura translúcida se acercó a él:

–¿De verdad quieres ser amigo de Dios?

–Es mi más preciado deseo

–Este es el mantra que te doy para que te reúnas con él: «So'ham».

El rey repitió «So'ham». Inmediatamente, sintió que las palabras palpitaban en él y le habitaban. Una vida prodigiosa le invadió las entrañas, el corazón, la piel, la boca y los dientes.

–¿Qué significa «So'ham»? –preguntó.

La figura translúcida había desaparecido ya y tras ella flotaba un tenue olor a jazmín.

Repitió «So'ham» sin esfuerzo, todo el día. Cuando sus labios descansaban, cantaba su corazón. Se durmió acunado por «So'ham»; se despertó durante la noche, oyendo «So'ham», que surgía de cada uno de sus miembros; y volvió a dormirse, todavía al ritmo de «So'ham». En sueños, preguntó:

–¿Qué significa So'ham?

Le tendieron un espejo. Rió, y la alegría rió con Él. El dolor pensó que se burlaba, pero su risa no tenía objeto. Luego lloró igualmente. Era tan puro, tan inocente, que, al verse en el espejo, decía:

–¿Quién es éste? ¿Dónde estoy?

Inconsciente de sí mismo, creía haber perdido la esencia de su Ser.

Entonces, en el fondo sin fondo del alma, el rey reconoció que el dolor de Dios era el suyo. Y comprendió: «Yo soy Él aunque Él es más que yo».

Cuando regresó al palacio, su rostro tenía una grandeza y una dulzura infinitas. Conocía al Solo.

35
¿Aquí también?

Cuando aquel hombre, rico y poderoso, llegó a la orilla del río Dwarka, toda la gente humilde que se estaba bañando allí terminó sus abluciones sin tardar y se dispersó a lo largo de la ribera. El asceta tántrico Vamakshepa fue el único que se quedó en el agua, poco impresionado por el hombre al que seguían sus guardias. Éste, deseoso de ir a rezar a la Diosa madre en su templo de Tarapeeth, había ido a bañarse, rezar y realizar los ritos adecuados antes de su visita al lugar santo. Se zambulló, pues, en el agua, se purificó y volvió a la orilla para secarse sin dejar de rezar.

Vamakshepa le observó un momento antes de reventar de risa. Se acercó, sin dejar de reírse, y se puso a salpicarle abundantemente.

El hombre no perdió la compostura, pero aquella ruidosa demostración le fastidió mucho. Se preguntaba quién era ese loco que le salpicaba y encontraba desternillante molestarle durante sus oraciones. Cuando su paciencia llegó al límite, dejó brotar su cólera:

−¡Ya basta! ¿No ves que he venido a realizar los ritos? ¿Por qué me molestas así?

Sus guardias, al oírle enfadado, se acercaron para poner su fuerza a su servicio. Vamakshepa se rió con más ganas y, mojándole cada vez más, le preguntó:

−¿Estás rezando o bien, incluso aquí, estás comprando zapatos?

El hombre se quedó boquiabierto: aunque su cuerpo se estuviera bañando y su boca recitara las plegarias, era totalmente cierto que no podía impedir pensar en los zapatos que iría a comprar a Calcuta en el camino de vuelta. ¿Quién podía ser el que le salpicaba?

Los guardias iban hacia Vamakshepa.

—Alto —les dijo el hombre—, dejadle hacer, porque tiene razón.

Se aproximó a Vamakshepa con humildad y se inclinó respetuosamente:

—Quienquiera que seas, bendíceme para que llegue a controlar mis pensamientos y cuando esté rezando no piense más que en Durga.

Vamakshepa le bendijo.

—No seas nunca hipócrita —le dijo—. No engañarás a Dios, no podrás engañarte más que a ti mismo. Si los zapatos vuelven a tus pensamientos, deja de hacer como si rezaras; tómate el tiempo de colocarlos en otro lugar, para más tarde; pide ayuda a Durga, y sólo entonces reanuda tus oraciones.

—¿Y cómo voy a pedir ayuda a Durga si estoy liado con mis pensamientos? —preguntó el otro.

—Vuelve a ser un niño pequeño. Cuando un niño se ha ensuciado, sabe que no puede lavarse él mismo y llama sencillamente «¡Mamá, mamá!». Entonces acude su madre y hace lo necesario. ¡Llama a Durga con toda sencillez: «Ma, Ma!», y ella vendrá y te purificará!

El hombre prosiguió todas sus abluciones, dejando sus zapatos en Calcuta al buen cuidado de Durga, para vivir, por fin, en su cuerpo y en sus palabras.

36
Ofrenda

Arjuna, hijo de Indra, el dios de la tormenta, dejó por algún tiempo a sus hermanos para ir a encontrarse con el mismo dios Shiva sobre el Himalaya, su montaña sagrada.

Por el camino se cruzó de vez en cuando con seres celestes que llevaban al dios brazadas de flores de los altares, unas provenientes de grandes templos y otras de altares familiares. También llegaban de lugares todavía más humildes. Arjuna se sintió conmovido al ver que no se despreciaba ni perdía ninguna ofrenda, sino que todas eran recibidas y todas estimadas.

Varias veces al día le adelantaban extraños carros, tan numerosos, tan pesados y tan juntos, que tuvo que cambiar de ruta, esperando encontrar un camino que no estuviera tan atestado. Pero los carros, arrastrados con una ternura muy especial por los seres celestes, parecían abalanzarse por todas partes hacia el Himalaya. Cuando la montaña santa empezó a ser visible en el horizonte, su número fue tal que Arjuna, mezclándose con el extraño cortejo, tuvo que agarrarse a uno, y se puso él también a tirar de uno de aquellos carros desbordantes. Al que vio que tiraba del otro varal, a su lado, le preguntó el nombre del príncipe tan ferviente y generoso que cubría de ofrendas el reino divino.

–Ignoro su nombre –dijo su vecino–, pero sé que se trata del más grande devoto de Shiva y que el dios recibe siempre sus ofrendas antes de mirar ninguna otra.

Ante la imposibilidad de encontrar un espacio sin carros en el camino, Arjuna continuó tirando, pero le picaba enormemente la curiosidad y deseaba conocer el nombre de aquel increíble donante. Por eso se dejó deslizar entre los varales, y se tumbó deprisa bajo el carruaje y entre las ruedas para reincorporarse detrás de ese carro y delante del siguiente. Agarrado otra vez a un varal, preguntó a su nuevo compañero:

—¿Quién es el magnífico príncipe que cubre de ofrendas a Shiva?

El otro le contestó que ese hombre era la imagen misma de la devoción, que servía de ejemplo a los propios dioses y que Shiva era sólo ternura para él.

—En cuanto a su nombre —le dijo—, lo desconozco. Me han puesto a tirar de este carro, y lo hago. Es mi parte de servicio y de devoción al dios. Yo no me planteo cuestiones superfluas.

Arjuna saltó hacia un lado, rodó un momento, dejó pasar las chirriantes ruedas, y se halló una vez más tirando de un carro. Le ponía nervioso ser zarandeado así constantemente por la caravana, cada vez más densa a medida que los caminos se aproximaban al centro espiritual del universo. En un momento de exasperación, gritó:

—Pero ¿quién envía todo esto?

Un toro prodigioso que pasaba, le preguntó:

—¿No reconoces los productos de tu reino?

Arjuna, estupefacto, corrió hacia los cargamentos, los examinó, y reconoció los jazmines y las rosas, los claveles de la India, los firmes mangos jugosos y perfumados, el sándalo dorado y cautivador de su país. Le fallaron un instante las piernas y los ojos se le empañaron. Él, el más valiente de todos, tuvo que apoyarse cuando se dio cuenta de que todo aquella venía de su hogar. Se imaginó en seguida su tierra devastada y puesta al desnudo.

—¿Quién se atreve? —gritó.

Y el toro mugió:

—Es el gran Bhima.

Una carcajada sacudió a Arjuna.

Los hermanos Pandava eran de origen divino. Eran cinco y se llamaban Yudishtira, Bhima, Arjuna, Nakula y Sahadeva. Ahora bien, en las ocasiones en que sus hermanos realizaban los ritos y ofrecían sacrificios a los dioses con constancia y devoción, Bhima, el terrible, hijo de Vayu, dios de la tempestad, no se preocupaba en absoluto de ello. Mientras el humo del incienso invadía la sombra de los templos y las guirnaldas de flores cubrían las estatuas que simbolizaban lo inmaterial indecible, y se daba a los dioses de beber su néctar favorito, Bhima recorría los campos con sus prodigiosas zancadas.

Era alto y ancho como una montaña de vida. Tenía el peso, la fuerza y la agilidad del elefante; la marcha y la violencia sin crueldad del tigre. Esposo cada noche de una demonia, era de día, con sus cuatro hermanos, uno de los cinco esposos de Draupadi, noble princesa llena de devoción por el dios Krishna.

—¿Bhima? —dijo Arjuna—. ¿Bhima, ese impío que desprecia los templos, a quien nadie nunca ha visto ni oído rezar, que ama de tal manera sus campos y sus bosques, que brama como un ciervo degollado cada vez que cogemos cuatro flores para los ritos acostumbrados? ¡Viviendo él, nadie podría apoderarse de los frutos y las flores del reino! ¿Quién eres tú, toro, que piensas y hablas a tontas y a locas?

—Soy Nandin, el portador de Shiva. Vivo en su intimidad y conozco a sus amigos. Por eso digo y afirmo que este incomparable místico, amado por el Señor, es desde luego Bhima. Él no exhibe su fervor, deja que los sabios profieran las fórmulas, adornen los ritos e imiten el verdadero sacrificio. La obra divina le es tan preciada que no puede resignarse a apropiarse de una brizna de hierba para ofrecerla sobre el altar. Recorre sin cesar el universo por todas partes sin perturbar ni tomar nada.

Lo contempla amorosamente y, a cada zancada, su ser traspuesto se maravilla y su alma canta:

> Todo viene de ti y de nadie más,
> ¡este mundo que Tú manifiestas,
> yo lo pongo a tus pies adorables!

Shiva, al oírlo, recibe el mundo y el corazón de Bhima.

37
La esencia de la sabiduría

El viejo rey había muerto demasiado pronto. Su joven hijo era aún inmaduro, y subió al trono preocupado por estar tan poco formado para la carga que le incumbía. Tenía la penosa impresión de que la corona le resbalaba de la cabeza, porque era demasiado ancha y demasiado pesada. Se atrevió a decirlo, y los consejeros se tranquilizaron, al pensar: «Su conciencia de no saber, de no estar preparado, le predispone a ser un buen rey, capaz de aceptar un consejo, de escuchar sugerencias sin precipitarse a decidir, de reconocer un error y de estar dispuesto a corregirlo. Alegrémonos por el reino». Él, preocupado por instruirse, hizo acudir a todos los hombres cultos del reino: eruditos, monjes y sabios reconocidos, tomó a algunos como consejeros y pidió a los otros que fueran por todo el mundo para buscar y traer toda la ciencia conocida en su época, a fin de extraer de ella el conocimiento, la sabiduría incluso.

Unos partieron tan lejos como la tierra podía llevarlos, otros tomaron las rutas marítimas hasta los confines del horizonte. Dieciséis años después, regresaron cargados de rollos, de libros, de sellos y de símbolos. El palacio, con lo grande que era, no podía contener una abundancia de ciencia tan prodigiosa. ¡El que había vuelto de China había traído, él solo, a lomos de innumerables dromedarios, los veintitrés mil volúmenes de la enciclopedia Cang-Xi, además de las obras de Lao Tsé, Confucio, Mencio y muchos otros, tanto famosos como desconocidos!

El rey recorrió a caballo la ciudad del saber, que había tenido que hacer construir para recibir semejante abundancia. Se quedó satisfecho con sus mensajeros, pero comprendió que una sola vida no bastaba para leerlo y comprenderlo todo. Pidió, pues, a los letrados que leyeran los libros en su lugar, sacaran de ellos el meollo fundamental y redactaran, para cada ciencia, una obra accesible.

Pasaron ocho años hasta que los letrados pudieron llevar al rey una biblioteca constituida sólo por los resúmenes de toda la ciencia humana. El rey recorrió a pie la inmensa biblioteca así formada. Ya no era muy joven, veía que la vejez se acercaba a marchas forzadas, y comprendió que no tendría tiempo en esta vida de leer y asimilar todo aquello. Por eso pidió a los letrados que habían estudiado los textos, que escribieran un artículo por cada ciencia, yendo directamente a lo esencial.

Pasaron ocho años hasta que todos los artículos estuvieron preparados, pues bastantes eruditos de los que habían partido al fin del mundo a recopilar toda aquella ciencia habían muerto ya, y los letrados jóvenes que retomaban la tarea en marcha tenían primero que releerlo todo, antes de escribir un artículo.

Por fin, un libro de varios volúmenes fue enviado al viejo rey, enfermo en su lecho, y él pidió que cada uno resumiera su artículo en una frase.

Resumir una ciencia en pocas palabras no es cosa fácil, y se necesitaron ocho años más hasta que se formó un libro que contenía una frase sobre cada una de las ciencias y las sabidurías estudiadas.

Al viejo consejero que le llevó el libro, el rey, que se moría, le murmuró:

–Dime una sola frase que resuma todo este saber, toda esta sabiduría. ¡Una sola frase antes de mi muerte!

–Señor –dijo el consejero–, toda la sabiduría del mundo se contiene en tres palabras: «Vivir el momento».

38
Tranquilidad

El principal donante del templo vio que el brahmán encargado del culto alimentaba a un asceta harapiento con el alimento ofrecido a Dios.

—¿Cómo te atreves —dijo— a ofrecer ese alimento sagrado a cualquiera?

—Este asceta llegó hace unos días, no pidió nada, sino que se instaló en un rincón del templo donde medita sin descanso. Sus cualidades espirituales me conmovieron y pensé que hacía bien en ofrecerle el alimento. ¿No es justo distribuirlo a los pobres y a los monjes?

—No es un monje, es un holgazán más de los que se quedan sentados sin hacer nada durante horas. No se deben favorecer actitudes de este tipo, por lo que te pido que no vuelvas a darle de comer.

El brahmán dejó, pues, de llenar el cuenco del asceta una vez al día. Le dirigía miradas compungidas, turbado y avergonzado de que se lo impidieran, pero incapaz de ignorar la prohibición.

El asceta no se alteró en absoluto por aquello. Se conformó con salir del templo todos los días, con su cuenco de mendigo en la mano, y volver, cuando había sido alimentado, a colocarse en su rincón y quedarse tranquilo hasta el día siguiente. El «donante», que le veía a diario cuando iba a participar en los rituales, interrogó al brahmán:

–¿Dejaste de alimentar a ese hombre y de alentar su pereza?

–Por supuesto, pero se conforma con poca cosa. Sale todos los días a mendigar su sustento y luego vuelve y permanece así, tranquilo.

El «donante» no conseguía entender que un hombre pudiera quedarse sentado sin hacer nada durante días enteros.

Como era natural, al pasar ante las casas para mendigar, el asceta se encontró un día delante de la puerta de aquel que le había negado el alimento del templo.

–¡Te daré de comer si trabajas para ganarte el arroz! ¿Ves ese montón de madera? Córtala, ordénala y te darán bien de comer, te lo prometo.

El asceta cogió el hacha, cortó la madera, la ordenó y se fue. El propietario de la madera corrió tras él:

–Ven, tu comida está lista, ¡te la has ganado!

–Lo siento, pero yo no trabajo para comer, doy mi tiempo y mi trabajo por amor, por caridad, y recibo el alimento por amor y por caridad.

Siguió su camino y se fue a mendigar a otras puertas.

El hombre se quedó intrigado, y fue al templo a preguntar al asceta.

–Hombre santo, tú que puedes cortar y ordenar gratis un montón de madera en menos tiempo que otros, ¿por qué permaneces aquí sin moverte durante días?

–Te contestaré dentro de cinco minutos. Espera, por favor.

El «donante» esperó cinco minutos, luego seis y luego siete, pero el asceta no respondía.

–Hombre santo, prometiste contestarme en cinco minutos de qué sirve permanecer así sin moverse durante días.

–Es verdad, perdona, ¿puedes esperar otros cinco minutos?

–¡Cinco minutos nada más, eso es todo, estoy ocupado, tengo que hacer algo más que quedarme tranquilamente esperando una respuesta!

Pasaron otros cinco minutos, luego seis y luego siete, y el asceta seguía sin responder.

–Te burlas de mí, hombre santo. ¡Hace un cuarto de hora que me tienes esperando tranquilamente la respuesta a una sola pregunta!

–Perdona, tengo que pedirte que esperes aún otros cinco minutos.

El donante hervía de cólera contenida:

–Escucha, ¡o me contestas dentro de cinco minutos o me voy!

Transcurrieron cinco minutos y el asceta seguía allí, tranquilamente, sin responder. El «donante» se fue, echando pestes y dando patadas.

Apenas se había alejado unos metros, cuando se paró en seco. «¿Cómo es posible? No puedo quedarme tranquilo ni un cuarto de hora sin que mi espíritu dé saltos, se ponga nervioso, se altere y bulla de preguntas, y este hombre permanece sentado tranquilamente sin moverse durante días enteros: ¡qué control!».

Regresó a ver al brahmán:

–Creo que tienes razón, este hombre no es corriente. Te ruego que vuelvas a alimentarle de nuevo con las ofrendas todo el tiempo que viva entre nosotros.

Siguió el camino de sus mil ocupaciones y se detuvo, no obstante, ante el asceta, para inclinarse respetuosamente antes de abandonar el templo.

A partir de entonces, iba todos los días al templo para saludar al asceta y sentarse junto a él en silencio todo el tiempo que podía. Después se iba a su casa y realizaba sus tareas de la jornada, antes de colocarse sobre una alfombra de meditación e intentar la difícil aventura de poner en paz sus pensamientos.

Una tarde, justo antes de sentarse, pidió un vaso de agua a su esposa, que salió a buscarlo. Cuando volvió, él estaba meditando. Ella dejó el vaso a su lado, haciendo tintinear el platillo que colocó encima para mantener el agua protegida de los insectos. Él no se movió en absoluto. A la mañana siguiente seguía todavía sentado sobre su alfombra y todo su cuerpo estaba tranquilo, incluso la respiración era apacible. Su esposa retiró el vaso, donde el agua se había calentado. No fue al templo aquel día, ni al siguiente, ni al otro. Se quedó completamente tranquilo toda una semana y, cuando salió de ese largo paréntesis, llamó a su esposa, sorprendido:

–¿Por qué no me traes agua? ¡Tengo sed!

–Te la traje hace una semana, pero estabas en meditación.

–¿Una semana?

–¡Sí, una semana!

Se dio un baño y corrió al templo con una guirnalda de flores y con incienso en la mano. Desbordante de gratitud, se prosternó ante el asceta.

–Maestro, seguí tu ejemplo y aquí estoy, tras una semana de meditación. ¿Cómo podré agradecértelo?

–¿A qué llamas meditación?

–Me puse sobre una alfombra y pedí agua a mi esposa pero, antes de que volviera, el espíritu y el cuerpo estaban tranquilos y parece que permanecí así una semana.. Eso es lo que mi mujer me ha dicho cuando, al recuperar mi actividad, le he pedido mi vaso de agua, extrañado de que aún no me lo hubiera llevado.

–¿Le pediste inmediatamente el vaso de agua?

–Sí, en cuanto volví.

–Entonces no habías meditado, habías inmovilizado el cuerpo y los pensamientos durante una semana.

–¿Y qué es meditar?

–Es vaciarse de todo a priori, del ego igual que de la ausencia de ego, para que exista lo indecible, lo incognoscible, lo impensable, lo Real. No meditarás nunca, sino que serás meditante.

Maravillado por la insondable profundidad del asceta, en quien reconoció la sabiduría, el hombre compuso un poema épico en su honor e invitó, como manda la tradición, a los pandits, los brahmanes y los monjes de la región, a fin de recitar públicamente su texto para glorificar al maestro. Pero todos pusieron la misma objeción:

—No se puede componer un poema épico más que en honor de un héroe capaz de hacer frente a la carga de mil elefantes, ¡no a favor de un asceta!

—Me parece que el maestro es el único que podría ayudarnos a decidir si debo o no leer el poema. Venid, vamos a verle.

Fueron, pues, junto al asceta, y le expusieron su desacuerdo:

—¿Podrías ayudarnos a responder a la cuestión de si debe o no el poeta recitar aquí su texto públicamente?

—Esperad cinco minutos y contestaré a vuestra pregunta.

Ellos se colocaron con calma a su alrededor, para respetar su silencio mientras aguardaban la respuesta. Pero en el transcurso de los cinco minutos de tranquilidad, todos entraron en meditación y permanecieron con el cuerpo y el espíritu tranquilos durante todo el día, y por la noche, y toda una semana. Al final de la semana, el espíritu del maestro vibró ligeramente y dio origen a una ligera onda. Entonces todos recuperaron la actividad habitual del cuerpo y el espíritu y exclamaron a la vez:

—¿Qué es hacer frente a la carga de mil elefantes comparado con la capacidad de inducir la tranquilidad de nuestros pensamientos y el silencio de todos nuestros egos juntos? ¡El poema en honor del maestro debe recitarse ahora mismo!

39
Oración

La reina era devota, generosa y compasiva. Cuando no dedicaba su tiempo a socorrer a los pobres, meditaba en el templo. La santa mujer acogía siempre con sencillez y gratitud la voluntad de Dios. Habría sido feliz de no ser por la pena de tener un esposo impío. Nunca jamás había visto u oído nadie al rey inclinarse o rezar ante un ídolo o en un templo. Era un buen hombre, un rey noble y un esposo solícito, y a ella le hubiera gustado que sus virtudes morales le hubieran abierto las puertas del cielo, pero él parecía inaccesible a los argumentos espirituales y ante ellos se limitaba a sonreír.

Ahora bien, una pesada noche de monzón, la reina, agobiada de calor, no podía dormir. Se levantó, intentó tomar el aire acercándose a la ventana, no halló más que humedad y regresó a tumbarse para reposar su cuerpo lánguido. Con los ojos cerrados, aguardaba quedarse dormida cuando oyó que el rey pronunciaba en sueños «Ram, Ram». Entonces se enderezó en el lecho, contempló, incrédula y embelesada, a su esposo, y vio cómo sus labios pronunciaban una vez más «Ram, Ram». Se levantó a toda prisa, fue al altar familiar, encendió incienso y lámparas ante la estatua que representaba a Rama[1], y permaneció en oración gozosa hasta que amaneció.

Por la mañana, mandó que se organizaran fastuosas celebraciones en el nombre de Rama por todo el reino. El rey la interrogó:

1. Nombre de Krishna que significa «fuente inagotable de la felicidad suprema»; el dios más importante de la religión hindú.

–¿A qué viene esta repentina necesidad de festejar a Rama? Que yo sepa, señora, Ramnavmi y Dipavali, las fiestas que le conciernen, han pasado ya o falta mucho para que lleguen.

–Amigo mío, la noche pasada pronunciaste su nombre y me dio una alegría tan grande que quiero celebrarlo. Cualquiera que fuera la causa, ¡quiero agradecer al Señor que viniera a ti por medio de un sueño!

La noticia pareció abrumar al rey, que se quedó todo el día pensativo y rehusó acompañar a la reina en sus celebraciones y, en el almuerzo, incluso hizo ascos a sus platos favoritos, dispuestos por su atenta esposa.

Cuando, al declinar el día, ella entró en su habitación a ponerse un sari para las ceremonias de la tarde, lo encontró llorando amargamente. Él no la oyó entrar, tanta era la emoción que lo devastaba.

–Señor, Señor –decía–, ¿cómo he podido dejar que tu santo nombre se deslizara de mi corazón a mis labios, y de mis labios al mundo?

La reina hubiera querido consolarle, pero lo que allí oía sobrepasaba su entendimiento. Él continuó:

–Señor, Señor, si tu nombre me ha abandonado, la vida no tiene ningún sentido. Yo no puedo vivir sin Ti ni continuar exhibiendo mi amor a los rumores del mundo. ¿Cómo he podido atreverme a invitar a un testigo a nuestras bodas sagradas? ¡Señor, permíteme dejar este mundo para vivir en Ti, sin riesgo de perderte, para siempre!

Entonces la reina vio cómo la estatua de Rama descendía del altar familiar, irradiaba la habitación y recubría al rey, que marchaba envuelto en claridad, haciéndose cada vez más lejano, cada vez más transparente. Después la estatua volvió a ocupar su sitio y nada hubiera permitido saber qué había sido del soberano si su esposa no hubiera asistido a su fusión en la Luz.

40
Releer

–No hay ni grano ni legumbres en esta casa. Si quieres comer hoy, ¡tendrás que ir a buscarlos! –dijo la esposa.

–¡Mujer!, ¿dónde quieres que vaya a buscar todo eso? –respondió el brahmán–. Este pueblo es demasiado pobre. En los últimos tiempos no ha habido ningún nacimiento, ni boda, ni muerte, ni fiesta, y yo no he recibido, por tanto, ninguna ofrenda para realizar los rituales. En cuanto a lo que me está asignado para el mantenimiento del templo, ¡tú lo repartiste sin tino entre todos los mendigos que desfilan ante nuestra puerta!

–¿Cómo iba a rehusarme? ¡Esos infelices están todavía más desprovistos que nosotros!

Ella titubeó un instante, antes de añadir:

–¡Que un hombre de tu casta, experto en Escrituras, esté en la indigencia es, a decir verdad, indigno! ¿Por qué no intentas que te contrate nuestro soberano? ¡Los viejos pandits encargados de enseñar en el palacio no tienen una reputación tan grande como para que tú no puedas por lo menos igualar su saber!

El brahmán titubeó: enseñar en la corte era un viejo sueño que él intentaba dominar, ya que temía que la gloria se le subiera a la cabeza y contaminara su pensamiento. Había resuelto aguardar a que tuvieran a bien convocarle. «Así –se decía–, si es Dios quien lo quiere, por algo será». Sin embargo, en su interior sabía que eso era una impostura, una locura motivada por el orgullo. Pretender el puesto le comprometía a admitir su sueño de ser escogido y reconocido; esperar a ser convocado le impulsaba a creerse humilde y a imaginarse que bastarían sus méritos para que se interesaran por él. No estaba tan ciego como para engañarse a este respecto. Esperaba salir de la sombra en que pretendía mantenerse. «Haga lo que haga –se dijo–, me temo mucho que meteré la pata». Estaba hecho un lío con tantas dudas, deseos, lamentos y esperanzas inconfesadas. La vida parecía deslizarse fuera de él, hasta tal punto vacilaba en vivirla. La luz pasaba de largo, al no poder encontrar ni en sus gestos, ni en sus palabras, ni en ninguno de sus instantes, un poco de paz donde descansar.

La sugerencia de su esposa había sido un golpe para el inestable equilibrio de sus dudas y sus decisiones, que, de repente, giraba y se derrumbaba. ¡Por supuesto que había que encontrar una solución para satisfacer sus necesidades! A partir de ahora, pedir un puesto al rey no significaba tanto ser reconocido y glorificado como recibir un salario. «¿Eso es pedir demasiado? ¡Desde luego que no!», se dijo.

Se vistió dignamente y se presentó con humildad en el palacio. En cuanto pasó la primera puerta llegó a la antesala, donde esperaban toda clase de personas: príncipes, letrados, campesinos, mendigos y otros pedigüeños. El deseo y su cómplice, el miedo, le agarraron por la nuca, pero recuperó el orgullo y se enderezó. Era de casta honorable y el rey le recibió, pues, con gran respeto. Su cresta de gallo demasiado verde se irguió aún más.

–Saludos, majestad –dijo–. Soy experto en Escrituras y vengo a proponer enseñar el Bhagavatam [1] en la corte. Si quieres, puedo recitártelo al instante de un tirón y demostrarte su grandeza.

El rey sonrió ligeramente y sacudió la cabeza.

---

1. Epopeya sagrada que habla del intenso amor y devoción de las Gopis por Krishna. Contiene la esencia de todos los Vedas. Las cinco sílabas «bha», «ga», «va», «ta», «mu» significan bhakti (devoción), jnana (sabiduría), vairaagya (renuncia), thapas (penitencia) y mukti (liberación).

–El Bhagavatam es un gran texto, desde luego. ¿Acaso podría yo escucharlo sin prepararme como es debido? Te propongo que lo releas una o dos veces y que vuelvas a continuación. Durante ese tiempo, yo aprenderé a escuchar.

El brahmán no se llamó a engaño. La sonrisa y el tono del rey traicionaban su ironía. Su orgullo reprendido se transformó en cólera. «¿Por quién se toma? No es más que un guerrero. Después de todo, ¿qué sabe él de las Escrituras? ¡Porque es el rey tengo que callarme y volver a mi casa con las manos vacías! He estudiado durante doce años los textos sagrados, puedo recitar de memoria los rituales más complicados, la Bhagavad Gita, el Bhagavatam y un montón de versos de los Puranas[2]!».

Volvió a su casa sombrío y taciturno y se sentó en los escalones del porche, donde se quedó clavado por la violencia de su resentimiento. Su esposa, al verle tan furioso, prefirió permanecer en silencio ante el fuego apagado de la cocina.

Llegó la noche, y él seguía que estallaba. La mañana le halló desamparado, agotado, arqueado contra el muro del jardín como un elefante decidido a abatir un obstáculo. Un vaquero vecino le llevó leche y la esposa preparó té y se lo llevó con solicitud pero con miedo.

–¿No quieres decirme lo que pasó ayer? –se atrevió a preguntar.

Él no pudo contener las lágrimas. Ella vaciló. ¿Debía quedarse y ver llorar a su esposo o desaparecer antes de que él perdiera la compostura? Sin darle tiempo a decidirlo, él le cogió las manos, la hizo sentarse a su lado y, llorando, enfureciéndose y gimiendo, todo a la vez, le explicó:

–Ese rey es tonto. ¡No distingue a un sabio de un mono viejo!

---

2. Escritos que exponen las enseñanzas de los *Vedas* mediante alegorías y relatos históricos. Son dieciocho en total, seis de los cuales están dirigidos a aquellos que se hallan envueltos por la ignorancia, otros seis a aquellos a quienes los domina la pasión y los últimos seis a quienes están gobernados por la bondad.

–¿No quiere nada de ti?

–Me exige que relea el Bhagavatam una o dos veces, ¡a mí, que lo conozco tan bien!

–¡Obedécele, vuelve a leerlo una o dos veces!

–¡Pero si me lo sé de memoria!

–¡Qué más da! Si eso es todo lo que se necesita para que nuestro porvenir esté asegurado, ¡el obstáculo es fácil de franquear!

Así, pues, el decidió releer dos veces el Bhagavatam. Calculó el día más favorable para volver a una cita afortunada con el rey y le alivió ver que tendría lugar sólo tres meses más tarde. Se tomó el tiempo de leer a su antojo la historia de Krishna y le conmovieron algunos pasajes que se sabía de memoria pero que, cosa extraña, todavía no había disfrutado plenamente.

Cuando al cabo de tres meses volvió al palacio, había menos orgullo en su actitud y ya no voceaba al hablar. Sólo una noble dignidad le llevaba a hablar alto y claro. Pensaba que podía responder a cualquier pregunta.

El rey le recibió con respeto, le miró directamente a los ojos y le preguntó:

–¿Has releído el Bhagavatam?

–Sí, señor, ¡dos veces! Ahora puedo recitarlo y exponerte su mensaje para que la grandeza de tu majestad se acreciente con la sabiduría de las Escrituras.

El rey sacudió la cabeza.

–Brahmán, estate seguro de que estudiaré ese gran texto junto a ti. Sin embargo, te ruego que vuelvas a tu casa para releerlo una vez más.

El brahmán, decepcionado, se quedó pasmado un instante, y volvió a su casa con su espíritu bullendo de preguntas sin respuesta.

La respuesta del rey sorprendió también a la reina, sentada al lado de su esposo en el salón del trono. Se inclinó hacia él.

–¿Por qué no dejas de mandar a este brahmán que lea ese texto que es evidente que se sabe de memoria?

–Señora –respondió el rey–, si el hombre hubiera comprendido lo que leía, te aseguro que no se le hubiera ocurrido pretender un puesto honorífico. ¡Sería un asceta austero y meditativo, o un sabio indiferente a los brillos del mundo!

El brahmán volvió a su casa tan turbado que se fue derecho a la cocina, signo de que no estaba en sus cabales, ya que los lugares de esa clase se sabe que son impuros. Pero tenía que hablar con su esposa, contarle a alguien su angustia, su sorpresa, su falta de comprensión.

–¡Qué raro! ¡Dice que estudiará el texto conmigo, pero me vuelve a mandar aquí una y otra vez para que lo relea!

–Es desconcertante, en efecto, pero es el rey, y sólo él decide el momento en que te recibirá en palacio. ¿Qué vas a hacer, sino leer otra vez? ¿No has oído tú hablar de un misterio cuya solución está en este texto? Puede que el rey espere de ti que descubras la clave de un tesoro. ¡Busca, halla y seremos ricos!

–Quizá –murmuró el brahmán, pensativo.

Y volvió a poner manos a la obra. Leyó y releyó con tan perseverante atención que descuidó calcular el día más favorable para su vuelta ante el rey. Se había propuesto encontrar primero la clave del misterio y comprender lo que estaba oculto bajo las palabras.

Después de cierto tiempo se marchó al bosque para que no le distrajeran ni las cosas del mundo ni los rituales del templo. Meditó cada párrafo, cada frase y cada palabra. Poco a poco desaparecieron las palabras y no quedó más que su sentido.

Luego el sentido se volatilizó. Sólo permanecía la devoción que Krishna había sembrado en su corazón. Olvidó dormir, comer y beber, mientras bailaba al son de una flauta que sólo él oía.

¿El dinero, la gloria, el poder? Nubes de humo deshechas en lo alto del cielo. Todo deseo se había evaporado con el sol de la Verdad. El brahmán ya no leía, ni recitaba ni meditaba. El Bhagavatam era cantado, el amor bailaba, la meditación ocupaba el espacio y el tiempo.

Su esposa, consternada, se conmovió al verle en aquel extraño estado e intentó recordarle su próxima cita con el rey.

—Me alegro de que seas tan feliz, pero no olvides que todo se hizo a petición del rey, piensa en el cargo que tienes que conseguir. Recupera tus modales de brahmán y regresa al palacio, te lo ruego.

Sus palabras parecieron perderse en un océano de ternura mística donde nada podía ya suscitar deseo, ni tempestad, ni hábito.

Una mañana, en vista de que ya no sabía qué hacer para que su esposo volviera a poner los pies en la tierra, fue a palacio a solicitar la ayuda del soberano, puesto que sus órdenes habían provocado aquel desconcertante estado. El rey juntó las manos y se mostró muy contento. Ofreció a la perpleja esposa una casa, tierras y una renta, y luego mandó ensillar su caballo sin tardar y dejó el reino a su hijo.

Se fue junto al brahmán para transformar en oro el plomo de su ser y saciarse por fin de la infinita sabiduría del Bhagavatam.

41
Sé lo que eres

La tigresa herida se arrastró hasta el borde del agua. Bebió. Su cuerpo se contrajo, recorrido por convulsiones cada vez más acusadas. A duras penas logró refugiarse entre las hierbas altas para dar a luz a un cachorro cuyo pijama, demasiado grande, formaba pliegues aquí y allá. Mientras le lamía, la lengua se le cayó entre los colmillos y murió con una última sacudida.

El pequeño se enderezó, titubeó, encontró un equilibrio someramente eficaz. Se acercó a las grandes fauces maternas para solicitar atención. Decepcionado por la inmovilidad de la tigresa, intentó mamar, empujando las ubres muertas con rabiosa valentía. Desamparado, acabó por irse a ver qué descubría, con el cordón umbilical entre las patas, arrastrando la placenta como una pelota viscosa. La inmensidad que descubrió le hundió en la desesperación. Se puso a llorar de hambre, de miedo, de soledad.

Una hembra escuchó su llamada. Dudó, no se acercó más que a cubierto, por miedo de que apareciera la tigresa. Vio a la fiera muerta. Se armó de valor suficiente como para acercarse hasta el pequeño y tumbarse junto a él, para que mamara. El cachorro de tigre bebió a largos tragos. Después, su benefactora cortó el cordón umbilical y lamió con ternura al recién nacido. Entonces él supo que ella era su madre y que él era su corderito.

La oveja acababa de perder un hijo después de una larga esterilidad. Al principio había vagado entre el rebaño, procurando adoptar a cualquier pequeño para escapar a su angustia. Incluso intentó sobornar a las madres más jóvenes o más débiles, que encontraban dificultades para asumir su maternidad, para que le confiaran a su recién nacido. Una de ellas, que no supo resistir, vio partir a su cordero. La abandonó sin rechistar, pero enseguida se volvió nervioso, exigente, susceptible. La que le había traído al mundo cayó en una melancolía tal que estuvo a punto de morir. El rebaño decidió intervenir. El cordero fue devuelto a su madre. Por desgracia, extraños ahora el uno a la otra, no se reconocieron. Como el pequeño no había sido nunca el hijo de la ladrona, se había convertido en un huérfano flanqueado por dos nodrizas.

Al ver esto, el rebaño expulsó a la oveja promotora de los disturbios. Ella no se fue muy lejos, y seguía al grupo a distancia, despojada de todo lo que había deseado retener, desprovista de sus costumbres y de sus amigos, perdida.

Sólo entonces se interrogó y cuestionó sobre lo que ella denominaba su mala suerte. Para gran sorpresa suya, el corderito la respondió. También él estaba solo, también se sentía rechazado. Necesitaba hablar con alguien y además tenía mucho que decir. Ella le había preguntado:

—¿Por qué soy estéril?

Él le respondió no con palabras sino con imágenes, por medio de gestos luminosos y de sonoridades. Se vio a sí misma cuando era una cría, de quien había renegado, a quien había traicionado, olvidado, que nunca había podido florecer.

—¿Cómo puedo acoger un hijo hoy? —dijo—, ¿cómo darle espacio en mi vida?

Se vio luchando contra corriente, intentando que el agua remontara a su fuente, construyendo canales, presas para dominar las riadas.

—Me encuentro agotada de tanto luchar. ¿Cómo encontraré la paz?

Un estruendo de cadenas remachó «para mí», «el mío», «tengo un hijo», mientras una voz tierna murmuraba «para ti», «la tuya», «soy tu madre».

Brotaron lágrimas ardientes, que le lavaron el corazón y transformaron en abandono la violencia del deseo. Poco a poco las lágrimas se dulcificaron, se hicieron tibias, reconciliadas, al tiempo que ella aceptaba la vida como es, germinante o estéril. Entonces llegaron las lágrimas dichosas, fuertes en su debilidad. Acababa de terminar el duelo por la posesión de un hijo.

Cuando escuchó el bufido lastimero del tigre se encontró capaz de arriesgar su vida por salvarle. ¿Por qué? Porque estaba desamparado. Ni por un momento se le ocurrió quedarse con él. Respondió a la llamada, nada más. Y ahora estaban allí los dos. Él la miraba lleno de confianza. Ella se preguntaba si tenía derecho a aceptar el papel que él le ofrecía. Temía ser incompetente. Le asustaban las temporadas que iba a pasar junto a un hijo que rápidamente se haría fuerte, temible, capaz de acabar con ella.

Después de alimentarle una segunda vez, baló, poniéndose como cebo para atraer a un tigre adulto, a fin de que el pequeño fuera puesto bajo la tutela de su clan. Luego se alejó rápidamente para evitar la muerte. Cuando estuvo a cubierto, hizo una pausa y se volvió a ver si su estratagema había surtido efecto. No divisó ningún tigre, ni cachorro ni adulto. Esperó, husmeando el aire. No percibió ningún peligro. Continuó su camino hacia su lugar habitual, a cierta distancia del rebaño. Un ruido de hierbas a su espalda la sobresaltó en su trotecillo. Se volvió de pronto y vio al cachorro que, desmañado y feliz, la seguía contoneándose. Ella apresuró el paso. Él, también. Ella cayó pendiente abajo. Él se enredó las patas y rodó hasta ella riendo. Entonces ella suspiró y se acostó junto a él. Él se hizo una bola contra su vientre caliente. Ella le lamió para que se durmiera. Acababa de aceptar todos los riegos de la maternidad. Y le llamó Haridayah: «Regalo del Dios que despoja».

Pasado el tiempo, acabaron viviendo junto al rebaño que, repuesto de la primera sorpresa, contemplaba con perplejidad y desconfianza a la extraña pareja. Una tarde, el gran carnero se acercó a la madre:

–¡Insensata! –le dijo–. ¡No te ha bastado con quitarle un cordero a su madre, sino que estás tan loca que ahora adoptas un tigre!

La oveja habló de la tigresa muerta y de la decisión del pequeño. Pero él no la creyó. Tuvo que mostrarle el cadáver, mutilado por los buitres y las hormigas. Sin embargo, el carnero temía por la futura seguridad del rebaño y le exigió que expulsara a Haridayah. Ella se negó en redondo.

–Ya estoy proscrita. Si es necesario, puedo irme más lejos con el niño. Ya no temo la soledad.

El rebaño se había aproximando y formaba un círculo alrededor de ellos. Las hembras menearon la cabeza. ¿Exigir a una madre que abandonara a su hijo? Decidieron acoger a Haridayah en el rebaño, donde sería más fácil educarle para que se convirtiera en un cordero aceptable.

Y así es como Haridayah creció entre los corderos, paciendo la hierba, balando con una voz un poco ronca y esforzándose por respetar los usos del clan. Encontraba bastantes dificultades al jugar a las peleas con sus amigos, que protestaban: «¡Cuidado, no tan fuerte!». A menudo no querían ir con él, porque corría siempre por delante, a pesar de sus esfuerzos por contener su energía. Pasaron varias estaciones y él creía su vida trazada, previsible. Sin embargo, en la adolescencia fue presa de una extraña melancolía. Le hubiera gustado conocer las emociones amorosas de sus compañeros, cuando las ovejas jóvenes balanceaban con paso lento sus grupas lanosas delante de los morros enfebrecidos. Pero ninguna de ellas conseguía turbarle. Una y otra vez volvía a encontrarse solo, lejos de las risas. No había sido rechazado del todo pero tampoco aceptado de verdad. Se sentía diferente sin saber la razón, y esta diferencia creaba una penosa distancia que, con todo, no estaba seguro de querer acortar. Estaba harto de aguantar consejos y reproches:

–¿Es que no puedes hacer como los demás? Hay hierba que masticar, ¡deja de preguntar por qué naciste! ¡Tranquilízate, haz un esfuerzo!

Una tarde, el rebaño se agitó. Se emitió la señal de alarma, onda sorda que lanzó a todo el clan a una loca carrera hacia un lugar seguro. Cuando por fin se paró, Haridayah preguntó:

–¿Cuál era el peligro?

–¡Un tigre! –respondió su madre.

¿Un tigre? Ese nombre le pareció familiar.

–Madre, ¿qué riesgo corremos?

–Los tigres son fieras, matan a los corderos y se los comen.

Haridayah se quedó un largo rato pensativo, mientras escalofríos desconocidos le recorrían la espina dorsal.

Pasaron los días. La tristeza de Haridayah se volvía todavía más desgarradora cuando pensaba en los tigres. Quería ver uno. Se sentía explorador, imantado, incapaz de resistir a la llamada. Si un aullido poderoso hacía temblar el bosque, enderezaba las orejas como todos los demás del rebaño, pero la vibración que le invadía se debía menos al miedo que al deseo. Todo su ser se estremecía con un placer tenebroso, profundo, inconfesable. Una sola vez había intentado confiar a sus amigos la extraña pasión que quemaba su corazón. Ellos se alarmaron tanto que tuvo que tranquilizarles y fingir que había sido una broma. Y renunció a sincerarse.

Se fue junto a su madre y, ansiosamente, se lo contó todo. Ella bajó la cabeza y sus ojos se empañaron.

–Sí, comprendo –respondió.

Su madre comprendía. Se sintió un poco menos solo.

–Por supuesto, este deseo es estrafalario. Pero, mamá, ¿por qué el rebaño me deja de lado tan a menudo?

–Tú les inquietas. No te salgas de la fila, intenta adaptarte.

Él se forzó, desempeñó su papel, participó en las reuniones del consejo bajando el tono de su voz, dejó de extrañarse en público de que se pudiera vivir sin intentar conocer a los tigres, se convirtió en un cordero más o menos aceptable.

Pero en sordina, en el fondo de su ser y de su soledad, su deseo le invadía, tomando en lo sucesivo la amplitud de un torrente salvaje. Poco a poco, su vida cotidiana se vació de todo sentido. Actuaba como un autómata, prohibiéndose mirar hacia el bosque para no volver a sentir que su pecho se hundía de dolor. «No hay nada que hacer, nada que esperar. En realidad, en esta vida no hay nada. Yo no debería haber nacido, querría morir», se repetía con frecuencia, y quería desarraigar el deseo ocultando su ardor bajo cenizas.

Una mañana de primavera, cuando pacía silencioso y solo, aparte del rebaño, una ancha cabeza amarilla y negra surgió entre las altas hierbas, a tres pasos de su morro. Le pareció amigable. El animal avanzó hacia él. Una garra acarició sus bigotes y el corpachón rodó con alegría por la hierba, a sus patas. Un raro impulso le empujó a un revolcón jovial. Mordisqueó sin freno el cuello de la hembra cuyo olor le volvía loco. En la excitación del momento, baló. La hembra dio un brinco, le miró con sorpresa, dio un bufido de despecho y desapareció entre las hierbas. Con los flancos aún batientes, la lengua fuera, fue traspasado de un dolor y una alegría agudos. «¡Una tigresa! –gimió–, ¡y hasta ahora no me he dado cuenta! ¿Volverá algún día? ¡Nunca, seguro! ¡He dejado pasar mi oportunidad!».

Regresó al rebaño pero perdió el apetito. Ni la hierba más tierna, ni la solicitud de su madre consiguieron apartar de él la nostalgia de los maravillosos momentos que había vivido durante ese breve encuentro. Un mundo mágico parecía existir allá bajo los grandes árboles. Más que un mundo: la verdadera vida. Sin embargo, procuraba razonar repitiendo las advertencias que había oído, en particular la que afirmaba: «Nadie puede encontrar un tigre sin morir». No obstante, desde que la tigresa había venido a él se sentía más vivo que nunca. No era el encuentro sino la separación lo que era terrible, infernal.

Una vez más, se confió a su madre, que dijo:

–Sí, comprendo.

Y lloró, incapaz de contener las lágrimas esta vez. Le dijo también:

–Para triunfar en la vida, cada uno tiene que reconocer Lo que él Es.

Y entonces lloró y sonrió al mismo tiempo. Le lamió con ternura el morro. Dejó que se estableciera un largo silencio. Después murmuró:

–Ve adonde tu ser te llama, Haridayah. Por ti, Dios me ha permitido gustar la felicidad de ver crecer a un hijo. ¡Qué importa si fue a riesgo de mi vida! Él me ha ofrecido la capacidad de dar, la fuerza de recibir, la de abandonar tanto mis miedos como mis viejas costumbres. Me ha puesto en el camino que conduce a la única libertad deseable: ser lo que yo soy. Ahora te toca a ti liberarte. Ve, sé Lo que tú Eres.

Haridayah no comprendió toda la declaración, pero sabía que ese amor le abría la puerta. Estuvo tentado de mamar una última vez para llevarse el gusto tibio, el calor, la promiscuidad bienhechora. Pensó que era demasiado grande para atreverse a ese gesto infantil. Había crecido tanto que ella parecía pequeñísima a su lado. La contempló como si no la hubiera visto nunca, para grabar en él su magnífica imagen: «Qué bella es –se dijo–. Por Dios que es digna de amor». Se dio la vuelta de golpe y se deslizó entre las hierbas.

Lo perdía todo, su clan, sus costumbres, su bienestar afectivo. Renunciaba a todo esto para marchar hacia el clan de los tigres, quizá hacia la muerte, seguramente hacia una felicidad sublime, aunque no durara más que un instante. Tenía miedo, por supuesto, pero su deseo era más fuerte que su miedo. Se precipitó derecho hacia el bosque donde ningún cordero debía arriesgarse a penetrar.

Llegó al lindero. Allí estaba la tigresa, que daba vueltas, con aspecto perdido. Le dirigió la mirada y sus ojos expresaron un deseo intenso, una incomprensión total. Él quiso alcanzarla pero ella desapareció de un salto en el oquedal, dejándole en el vientre el abismo de un inmenso deseo. Decidió quedarse allí para que ella pudiera encontrarle si tenía hambre de él como él tenía hambre de ella. Pasaron los días. Él pacía justo lo suficiente para permanecer con vida. Después se apostaba de cara al bosque, inmóvil, atento, esperando que volviera ella.

Un macho grande y viejo le observaba desde hacía ya largo tiempo. Una mañana se aproximó y le tiró un pernil de cierva. Haridayah se alarmó. Inquieto y disgustado por el olor insulso de la carne, imaginó que eso era una especie de provocación, una amenaza no disimulada que significaba la suerte que le esperaba. Baló ligeramente. No intentó ninguna sumisión servil, ni tampoco renunció a su espera, a pesar del inmenso miedo que le socavaba los flancos. Prefería morir antes que renunciar a la tigresa. El tigre viejo pareció enfadarse:

–¡Tigre indigno, deja de pacer y de balar como un cordero, aliméntate con corrección!

A pesar de la dureza de las palabras, toda su actitud expresaba una compasión insondable.

–Los corderos comen hierba y yo soy un cordero –respondió Haridayah.

–Yo veo un tigre y no un cordero. Tú eres un tigre. Repite conmigo: ¡Soy un tigre!

«¿Será esto una iniciación? –se dijo Haridayah–. A lo mejor mi paciencia y la fuerza de mi deseo han conmovido a este viejo. ¿Será que me acepta en su clan? Entonces este ritual es mágico, me hace semejante a él».

Se inclinó y murmuró:

–Sí, maestro, soy un tigre.

El viejo le contempló, vio que Haridayah seguía tomándose por un cordero, movió la cabeza y dijo:

–Tienes que ser lo que eres. Renuncia al cordero.

Haridayah sabía desde siempre que el cordero debía morir, ya que nadie puede encontrar al tigre y vivir. Prefería morir que tener que volver con los corderos. Estaba dichoso de haber recibido esas breves visitas de tigres. «Después de esto, morir me será casi fácil», pensó.

El viejo maestro se marchó. Haridayah permaneció postrado ante el pernil de cierva, incapaz de comprender la extraña frase que su madre ya había dicho:

«Sé lo que tú eres». Repetía concienzudamente: «Soy un tigre, soy un tigre». Pero las palabras quedaban en la superficie de su realidad y algo en él respondía: «Soy también un tigre, soy un tigre bajo el cordero, soy un cordero que quiere ser tigre, tengo un corazón de tigre». O incluso: «Como el alma no es ni tigre ni cordero, yo no soy nada. Al no ser nada, lo soy Todo. Como lo soy Todo, también soy tigre…»

Repetir «Soy un tigre» le resultó cada vez más difícil, cada vez menos convincente. Sin embargo, sentía que eso era necesario. Llamó al tigre viejo, que acudió. Haridayah le preguntó:

–¿Podré de veras llegar a ser un tigre? ¿Ha ocurrido alguna vez que un cordero se convirtiera en tigre?

–Lo que es Es, sin llegar a ser –rugió el maestro.

Perdido en sus pensamientos, más turbado que aclarado por esa extrañas palabras, le pareció ver en el sotobosque la silueta cautivadora de la tigresa. Al punto se inflamó su deseo, le incendió. De pronto estuvo dispuesto a intentarlo todo para acercársele, para bailar con ella otra vez sobre la hierba picante. Se volvió de repente, olfateando el aire con el hocico, y suplicó:

–Maestro, enséñame el tigre que soy.

El tigre le tiró un pernil de jabalí, y le ordenó:

–Cómelo.

Haridayah cerró los ojos, convencido de romper los tabúes más sagrados de su raza. «Si esta carne tiene que iniciarme, hacer de mí un tigre, debo tomarla». Y la mordió.

Apenas su lengua y su paladar recibieron la textura y el sabor afrutado de la carne, cuando le embargó una alegría fulgurante, un placer que reducía a cenizas todo lo que había conocido hasta entonces. Una risa poderosa le sacudió. Dio un profundo bufido antes de devorar la carne sanguinolenta.

–Ven –dijo el maestro.

Le llevó al río. Se inclinaron sobre el agua.

–Mira tu reflejo y compáralo con el mío. Estás viendo la realidad. Yo soy un tigre y tú también.

Haridayah ya lo sabía. No necesitaba ningún reflejo para reconocerse. Por fin, el tigre había ocupado todas sus células, todos sus pensamientos. Fuerza, agilidad y libertad fluían por sus venas, y le inundaban de una alegría sin límites.

Sin embargo, le asaltó una duda:

–¡Gracias, maestro, gracias! Ahora soy un tigre. Pero, ¿qué ha sido del cordero?

–No ha habido nunca un cordero.

Haridayah se quedó perplejo. Entonces el maestro, al verle trastornado, le propuso esta cuestión:

–Un tigre camina por el bosque a la caída de la tarde. Pasan unas nubes delante de la luna. Las tinieblas invaden el sotobosque. De repente, ve una serpiente venenosa ante él. Se detiene, asustado, para tratar de evitar la mordedura mortal. En el cielo se deslizan las nubes. La luna luce de nuevo y aclara la situación: no hay ninguna serpiente, sólo un trozo de cuerda abandonado por los humanos. Dime: ¿en qué se ha convertido la serpiente?

Haridayah era un tigre, cierto, pero un tigre novicio. Se quedó junto al maestro para aprender a olfatear, a acechar, a cazar. Su pelaje se volvió tan brillante y tupido como corresponde al pelo de un tigre. Haridayah se abstuvo sólo de acosar a los corderos: la imagen de la madre que le había amamantado y había protegido su vida hasta aquellos días espléndidos se hallaba arraigada en él como un signo de alianza.

Una mañana volvió a encontrarse en el oquedal con la mirada viva y tierna de la tigresa. Ella le esperaba. Ya no tenía ninguna duda, ningún reparo. Se acercó tan subyugado que no vio cómo su maestro se alejaba y desaparecía en el bosque. Se restregaron uno contra otro, rodaron por la hierba, jugaron incansablemente. Cuando ella se ofreció a él, aplastándose contra el suelo, él mordisqueó su lomo y, embelesado, ofreció al universo una camada de tigres.

42

El tesoro

Gokul era un campesino pobre, que pasaba todos los días por delante de la gruta donde vivía un asceta y siempre le dejaba un poco de arroz, unas tortas de mantequilla y una cucharada de legumbres sobre una hoja de banano.

Aquella mañana, al acercarse al santo se prosternó a sus pies y le dijo:

—Perdóname, hoy no he podido traerte comida. Hace varios días que mi mujer y yo no hemos podido alimentarnos. Ayer no teníamos nada que dar a nuestros hijos y esta mañana mis manos están vacías, no tengo nada.

El asceta bendijo a Gokul, levantó el índice y le aconsejó:

—Si no temes salirte de tu camino habitual, ve detrás de la colina, donde hay madera que recoger. La venderás en la ciudad y podrás dar de comer a tu mujer y a tus hijos.

Gokul tocó los pies del asceta con respeto y, deshaciéndose en agradecimientos, partió detrás de la colina. Allí había, en efecto, gran cantidad de ramas muertas, e hizo con ellas cuatro grandes cargamentos durante aquel día. Esa misma noche volvió a llevar comida al asceta, y había ganado tanto que pudo ofrecerle también un rosario de ciento ocho flores doradas.

De ahí en adelante, Gokul dejó todos los días a la entrada de la gruta, con un poco de arroz, unas tortas de mantequilla, una gran cucharada de legumbres sobre una hermosa hoja de banano, yogur cremoso y un rosario de ciento ocho flores doradas. Una mañana no pudo llevar el rosario de flores, y a la mañana siguiente, el yogur había desaparecido. A los pocos días fue a prosternarse a los pies del asceta, con las manos vacías, y le rogó que le excusara por no tener nada más que compartir.

–Gokul –le dijo el asceta–, si no temes dejar por algún tiempo tu aldea, tus costumbres campesinas y tus encuentros cotidianos, franquea la segunda colina y toma después el camino que hay a la derecha. Cuando veas que el bosquecillo se espesa, deslízate entre las ramas y descubrirás allí una mina de plata. Fue explotada largo tiempo, pero en la galería central queda un filón por extraer. Ve y, a tu regreso, podrás alimentar a tu familia.

Gokul se prosternó a los pies del asceta y le dio las gracias de todo corazón. Luego partió y dejó atrás la primera colina y la segunda.

Cuando regresó, cien días más tarde, era rico. Su mujer y sus hijos pudieron vivir a partir de entonces sin preocuparse por el mañana. Sin embargo, Gokul se fue a ver al asceta con una cuestión que le traía a mal traer.

–Que hayas dejado la madera donde estaba, hombre santo, puedo entenderlo, pero que no hayas cruzado la colina para extraer la plata me deja estupefacto.

–Mi riqueza es más grande que un filón de plata.

–¿Es que puede haber una riqueza mayor que el desbordante carro que me llevé a mi casa?

–Desde luego. Si no temes el cansancio, la lejanía, lo desconocido y la locura, ve hasta el lago que hay al otro lado de las colinas. El fondo del agua está pavimentado con oro. Cuando regreses, serás más rico que un rey.

–Iré. Primero voy a asegurarme de que mi familia te dará de comer en mi ausencia y te traerá todos los días flores, incienso y leche. Después partiré a buscar el oro del lago.

Hizo como había dicho y, en su ausencia, el asceta recibió alimento, flores, incienso, leche y respeto.

Tras cinco semanas de ausencia, Gokul regresó tan cargado de oro como nadie había visto jamás y menos aún había poseído. Era feliz, por supuesto, pero una cuestión le trabajaba por dentro. Se fue a ver al asceta.

–Este oro puede alimentar a la aldea por varias generaciones, y aquí nadie más conocerá la pobreza, pero podrías haber realizado la hazaña tú mismo. ¿Por qué no lo hiciste?

–Veo que no has sucumbido a la locura del oro y que tienes intención de compartirlo. Me alegro de ello, sé bienvenido. Pero, en cuanto a mí, tienes que saber que mi riqueza es más grande que todo el oro de las tierras y de las aguas.

–¡No puedo concebir una fortuna más vasta que los cien carros de oro que ocupan desde ayer la plaza del pueblo!

–Puesto que no temes la duda, ni el cansancio, ni lo desconocido, ni la locura, si tampoco temes no volver nunca, ni morir, te diré que más allá de las colinas y del lago, en la otra ladera del Himalaya, allí donde los animales y los humanos pueden hablarse, donde las nubes acarician amorosamente la piel de la estepa, al pie de un árbol inmenso y solitario, se abre una caverna que conduce al centro del mundo. Allí viven los nagas. Si te atreves, ve a verles y pídeles los tesoros que guardan. Te traerás mil carros de diamantes más grandes que el Koh-i-noor, pero ¡ten cuidado! ¡Corres el riesgo de perderte!

¿Cómo iba a resistirse a una caravana de mil carros, cargada de diamantes más grandes que el Koh-i-noor? Gokul se prosternó a los pies del asceta y partió sin tardanza.

El camino fue largo y penoso. A veces estaba tan agotado que olvidaba por qué se había marchado tan lejos de su casa, de sus costumbres y de sus amigos. Los paisajes eran tan diferentes, hasta tal punto desconocidos, que temía no volver a encontrar nunca el camino de vuelta. Una extraña fiebre le arrebató. No había sido arrastrado por la locura del oro, pero no conseguía calmar su deseo de alcanzar los diamantes, de palparlos por fin, de poseerlos y de dejarse cegar por ellos.

Hacía frío allí arriba, cerca de las nieves del Himalaya, tanto frío que sus miembros, entumecidos, se negaron a moverse, y perdió el conocimiento. Le pareció ver luces y seres extraños y casi dejó de respirar, mientras le hacía girar una borrachera que le propulsaba hacia las estrellas, por el aire, en un espacio sin color, sin luz y sin noche. Unos hombres le encontraron desplomado contra una roca, le frotaron los brazos y las piernas y le envolvieron en pieles para devolverle a este mundo.

Cuando recuperó algo de sus fuerzas, como no escuchó nada en contra, prosiguió su ruta.

Pronto se halló en un oscuro desierto donde todo, hasta la arena, era de un negro deslumbrante. Se le resquebrajaron los labios y la piel, el corazón le latió pesadamente y el espíritu se le embotó. Se arrastró hasta unas rocas, donde encontró un poco de sombra sobre la ardiente pizarra, que, cuando se levantó, le protegió la piel de las manos y las rodillas. Por la noche pudo andar, a la luz de la luna que iluminaba un mundo repentinamente frío. En los huecos de las rocas, el amanecer depositó una bruma de rocío. Él lo enjugó con el faldón de la camisa, que chupeteó para tratar de que su lengua dejara de estar apergaminada. Permaneció todo el día agobiado por el calor, a la giratoria sombra de una peña. Un resto de vida le permitía arrastrarse con regularidad fuera de la luz fulminante del sol. ¿Cuántos días y cuántas noches debió de andar y esperar de esta manera? Él mismo perdió la cuenta. Cuando el dolor es demasiado fuerte, borra la memoria.

Una mañana vio que la estepa se extendía ante él, con un árbol solitario a lo lejos, y cayó de rodillas sobre el duro suelo. Para alimentarse, arrancó la hierba seca, ensangrentándose las manos, y con la cara entre la hierba, chupó y mordisqueó las raíces. Después dio tres pasos en dirección a la sombra y se desplomó bajo una peña. ¿Cuántas horas pasaron? ¿O cuántos días? Nada, cuando volvió a la vida, le permitió averiguarlo. Todo lo que pudo constatar es que el sol se ponía en el horizonte. Caminó hasta el árbol y vio, a través de las raíces entrelazadas, la entrada de la cueva. ¿Qué podía perder? Ya nada. Ni siquiera abrigaba la esperanza de volver a ver su aldea algún día. No quería más que protegerse del sol antes de que llegara la mañana. Y penetró bajo tierra.

Al momento descubrió un mundo fabuloso, con arroyos y árboles, pájaros desconocidos y frutos apetitosos. Se arrodilló junto al agua y se estaba inclinando para beber, cuando una voz retumbó:

—¿Quién eres?

—Me llamo Gokul.

—¿Quién es Gokul?

—Soy un hombre.

—Pues no toques esta agua. No es para un hombre.

—¡Tengo tanta sed!

—¿Quién tiene sed?

—¡Yo, Gokul!

—No es agua para Gokul.

—¿Por qué?

Nadie respondió. Gokul, tembloroso, quiso apenas mojar un dedo para chuparlo, pero el agua desapareció antes de que la tocara. Entonces se enderezó, indeciso, preocupado en medio del jardín desconocido. Al ver los frutos, quiso tomar uno para alimentarse y apagar la sed, aunque estuviera envenenado, cosa que ya poco le importaba, pero la voz resonó inmediatamente:

—¿Quién eres tú?

Gokul no se atrevió a decir otra vez «Soy Gokul», y probó a contestar:

—Yo.

—¿Tú eres yo?

—Bueno, yo, no Tú. Yo soy…

«Pero ¿qué soy yo, pues?», se preguntó Gokul, que no sabía cómo expresar quién era.

—Dime lo que tú eres para que yo comprenda –dijo la voz.

—Soy… soy… ¡En cualquier caso, soy! –dijo Gokul–. Soy quien está hablando aquí y ahora… Soy, ciertamente.

—¿Eres?

—Sí, eso es, soy el que está aquí y ahora –murmuró Gokul.

Al punto el río volvió a correr, pero él ya no sabía lo que era la sed. Los frutos se inclinaban hacia él, pero desconocía el hambre. Ante él se irguieron los nagas, coronados de tiaras de diamantes, pero él era indiferente a los diamantes. Inclinó el cuerpo para sentarse y, ya sentado, apareció ante sus ojos la imagen del asceta meditando. Ya no quería nada más de las riquezas de este mundo y sólo tenía un deseo: meditar él también, al lado de aquel hombre, en la gruta a la entrada de la aldea. Al instante se halló ante el asceta y la gruta y, no lejos de ellos, oyó los ruidos familiares de la aldea.

—¿Dónde están los diamantes? –preguntó el asceta.

—Ahora sé que hay un tesoro más grande que la plata, el oro y los diamantes.

—¿De qué tesoro hablas?

—De conocerme a mí mismo, de conocer el Ser que soy.

43
Lo indecible

–Venerable maestro, ¿por qué los textos que nos dejaron los sabios de los tiempos antiguos, que describen el Absoluto cuya sublime visión alcanzaron, no consiguen hoy darnos a conocer Lo que Es?

–Nuestra ignorancia y nuestras cegueras nos impiden comprenderlos.

–Pero, *swamiji*, aquí estamos varios letrados atentos y apasionados por el estudio, y ¡no somos tan estúpidos!

El maestro hizo una pausa, contempló su mente, en la que bailaban las imágenes, y, por fin, sonrió e intentó ofrecer una explicación:

–Nosotros somos como aquellos ciegos de un país lejano que quisieron conocer a unos animales, llamados elefantes, de los que todo el mundo hablaba después de lo que un príncipe había contado de sus viajes. Un cornac les condujo junto a sus bestias. Los elefantes sintieron curiosidad por esos hombres que se acercaban a ellos con gestos distintos de aquellos a los que los demás humanos, impresionados o seducidos, les habían acostumbrado. Y, con el extremo de sus trompas, emprendieron una concienzuda investigación acerca de sus visitantes.

El primer ciego, después de concentrarse profundamente, afirmó:

–Yo sé lo que es un elefante, ¡es una especie de serpiente grande!

–No –dijo el otro, y se aventuró a explicar–, ¡es, más bien, un tronco de árbol flexible!

Como los elefantes les empujaban, acabaron apoyándose contra sus enormes cuerpos. El primero, atrancado entre las patas delanteras, exclamó:

–¡Es como un bosquecillo con los troncos muy juntos!

–¡Nada de eso! ¡Es un enorme saco suspendido a varios pies del suelo! –respondió el segundo, que pasaba bajo el vientre de un elefante.

¿Estaban equivocados o tenían razón?

–Pero, *swamiji*, no podían ser hasta ese punto ignorantes. De acuerdo que estaban ciegos, pero los aldeanos les habían descrito los animales y podían, por tanto, hacerse una idea aproximada de ellos.

–¿De veras podemos imaginarnos lo que no hemos visto, ni oído, ni gustado, lo que sobrepasa nuestro entendimiento? Quizá somos como aquellas dos ranas que conversaban al borde de un charco, después de una fuerte lluvia.

La más joven oyó a la mayor afirmar que había un lugar, no muy lejano, que contenía tanta agua que podían vivir allí juntas muchas ranas. La jovencita respetaba a la anciana, pero su discurso le pareció una exageración. Cuando volvió el sol y el charco disminuyó, la anciana se fue sin dudarlo hacia la charca. La más joven titubeó y refunfuñó, pero al final aceptó arriesgar su comodidad en vías de extinción para hallar la prometida charca y enseguida se zambulleron con alegría en el agua estancada. Una rana que se marchaba de allí masculló:

–¡Aquí no hay quien viva, apretujadas en esta agua sucia! Seguidme y os enseñaré un estanque donde el agua está clara, y tan extenso que se necesita un día entero para ir de una orilla a la otra.

Las recién llegadas se miraron con disimulo: esa rana había perdido la cabeza y dejaba aquel lugar único por un sueño, una ilusión. Probablemente nadie les había hablado nunca de una charca tan grande que hiciera falta un día de natación y saltos para atravesarla. Intentaron que entrara en razón, pero no lo lograron, y la vieron partir a su perdición. Dos pájaros piaron sobre una rama:

–Mañana nos comeremos a esas dos. ¡Qué pena que la tercera emigre al estanque, es demasiado grande para que la encontremos allí! No importa, nos quedan dos y, de momento, eso es mejor que nada.

Las ranas, al oírles, se quedaron boquiabiertas un momento. Entonces se preguntaron si no habrían sido estúpidas y llamaron a la tercera:

–Si de veras conoces el camino del estanque, estamos dispuestas a seguirte.

Cuando llegaron al borde del rutilante estanque, sus gruesos ojos saltones se hicieron aún más grandes:

–¡Qué maravilla! –dijeron– ¡Así que era cierto!

Se sumergieron hasta el fondo, y allí quedaron conmocionadas al oír cómo lloriqueaban y se lamentaban unos peces. Unos pescadores les habían cogido en un lago inmenso cuando eran muy pequeños, y les habían echado a ese estanque tan estrecho como una tinaja. ¡Qué tristeza, qué desgarradora nostalgia! Las ranas les preguntaron qué era aquello de un lago. Les respondieron que el reino mismo del agua. Ellos no habían visto nunca sus orillas, aunque los más ancianos les habían contado que un lago no dejaba de tener límites. Una gaviota que escuchaba, revoloteando a ras de las olas, afirmó con una carcajada burlona:

–Un lago no es nada al lado del océano. Yo he sobrevolado su inmensidad y no he visto sus límites, quizá porque no los tiene…

Las ranas y los peces escucharon. Sus experiencias pasadas les permitían ahora admitir que ellos no conocían toda el agua del mundo. Intentaron imaginar lo que podría ser un océano.

–¿Cuántos días se necesitan para recorrerlo entero?

–Lo ignoro, ya que no tiene fin.

–¿Cuántas familias de ranas y de peces pueden vivir allí?

–No podrían llenarlo todas las ranas del mundo, unidas a todos los peces de las charcas, los estanques y los lagos.

–¿Será posible? –se preguntaron las ranas, pensativas.

–¿Somos nosotros, quizá, ranas ciegas? Los sabios de otro tiempo intentan describirnos lo que nuestros espíritus no pueden medir, ni abarcar, ni comprender.

Los discípulos sacudieron la cabeza, pero siguieron intentando con desesperación encontrar ejemplos y palabras para imaginar lo indecible. Hablaron, preguntaron, discutieron, se enfrentaron, argumentaron.

¡Es tan difícil callarse cuando no se tiene nada que decir!

De pronto, el maestro les detuvo en seco:

–¡Parad! ¡Las palabras matan la Realidad!

GLOSARIO

Arjuna: hijo de Indra, el dios de la tormenta.

Ashwathama: el hijo de Drona.

Aum: la vibración primordial.

Bhagavad Gita: «La canción del Señor», uno de los libros sagrados más conocidos y venerados en la India, con una espiritualidad mística muy rica. Recoge el diálogo que hubo entre el Sri Krishna y Arjuna, su devoto y amigo. Tiene como tema el conocimiento de la Verdad Absoluta, la condición original, natural y eterna de todos los seres individuales, la naturaleza cósmica, el tiempo y la acción. Es la esencia de todos los textos védicos.

Bhagavatam: epopeya sagrada que habla del intenso amor y devoción de las Gopis por Krishna. Contiene la esencia de todos los Vedas. Las cinco sílabas «bha», «ga», «va», «ta», «mu» significan bhakti (devoción), jnana (sabiduría), vairaagya (renuncia), thapas (penitencia) y mukti (liberación).

Bhima: hijo de Vayu, dios de la tempestad; es uno de los Pandava.

Bodh-Gaya: lugar de estudio.

Brahma: el dios creador.

brahmán: miembro de la primera de las cuatro castas tradicionales de la India; estudioso de las Escrituras, desempeña también funciones rituales.

Buda: iluminado.

cornac: hombre que en la India y otras regiones de Asia doma, guía y cuida un elefante.

Drona: el maestro de las armas.

Durga: la diosa madre; cabalga sobre un tigre.

Ganesha: señor de las criaturas, creado por Shiva uniendo al cuerpo del «Señor de los obstáculos» la cabeza de un elefante; cabalga sobre una rata.

Gayatri: el muy santo triple canto del Rig-Veda.

Gitagovindam: largo poema lírico redactado por Jayadeva en un sánscrito muy puro; relata los amores del dios Krishna y la pastora Radha.

gurú: guía espiritual; alma autorrealizada que tiene el poder de guiar a la gente por el sendero de la comprensión espiritual y, de ese modo, sacarla del ciclo de los reiterados nacimientos y muertes.

guruji: preceptor, maestro.

hatha-yogui: aquel que practica el Hatha-yoga, conjunto de técnicas con las que se pretende adquirir un cuerpo sólido como el ser, sano, exento de sufrimientos y capaz de vivir largo tiempo

Himalaya: la montaña sagrada, morada del dios Shiva.

Indra: el señor de los seres celestes.

Jaya: uno de los dos gigantes guardianes de Vaikuntha.

Kailash: la montaña más sagrada del Himalaya, morada de Shiva.

Kali: diosa terrible a la que se sacrificaban víctimas humanas.

karma: en algunas religiones de la India, energía derivada de los actos que condiciona cada una de las sucesivas reencarnaciones, hasta que se alcanza la perfección. En otras creencias, fuerza espiritual.

Koh-i-noor: «montaña de luz», diamante prodigioso que evoca la belleza del Muy-Elevado, colocado sobre un pilar de oro.

Korava: los seis hijos de Dhritaratshtra, rivales de los Pandava.

Krishna: la suprema personalidad de Dios, que aparece en su forma original de dos brazos, origen de todas las demás formas y encarnaciones del Señor. Es el maestro de la Bhagavad Gita.

Kubera: dios de las riquezas.

Lakshmi: diosa de la multitud y la fortuna.

lingam: piedra sagrada erecta, símbolo de Shiva.

Mahabharata: obra gigantesca, la epopeya más vasta de todas las literaturas (más de 215000 versos); en su origen era un poema épico dedicado a relatar una guerra entre dos pueblos. En el curso de los siglos, el poema primitivo fue aumentado por adiciones sucesivas: contiene leyendas, relatos, simples episodios extensamente explicados, alabanzas dirigidas a los dioses –entre los cuales Vishnú se considera el primero–, narraciones de batallas, episodios patéticos e invenciones de fantástica grandeza. Una compilación de composiciones poéticas, sin unidad de metro ni de forma, que canta la gloria de la dinastía lunar.

mandala: en el hinduismo y en el budismo, un dibujo complejo, generalmente circular, que representa las fuerzas que regulan el universo y que sirve como apoyo de la meditación.

mantra: fórmula sagrada de extensión variable ofrecida a los discípulos afortunados que la repiten hasta la luz indecible.

nagas: serpientes míticas de muchas cabezas, aunque en ocasiones pueden tener sólo una. Su cuerpo gigantesco se parece al de las cobras, mientras que sus cabezas son de dragones, de cobras o humanas.

Nandin: el toro portador de Shiva.

Pandava: los hermanos Pandava, de origen divino, eran cinco y se llamaban Yudishtira, Bhima, Arjuna, Nakula y Sahadeva. De día eran los esposos de Draupadi, noble princesa llena de devoción por el dios Krishna.

pandit: sabio, capaz de recitar los Vedas durante horas y discutir sobre ellos con otros letrados.

Patala: las profundidades de la tierra.

Parashu: hacha mágica de Shiva.

Parvati: la bella y casta esposa de Shiva.

pippal: árbol sagrado, consagrado a la Trimurti (Shiva, Brahma, Vishnu).

Puranas: escritos védicos que exponen las enseñanzas de los *Vedas* mediante alegorías y relatos históricos. Son dieciocho en total, seis de los cuales están dirigidos a aquellos que se hallan envueltos por la ignorancia, otros seis a aquellos a quienes los domina la pasión y los últimos seis a quienes están gobernados por la bondad.

Rama: nombre de Krishna que significa «fuente inagotable de la felicidad suprema»; el dios más importante de la religión hindú.

Ramanuja: uno de los tres grandes maestros del Vedanta.

Sarasvati: diosa de las artes, del conocimiento, de la música y de la palabra.

sari: vestido típico de las mujeres indias.

sati: sacrificio de la viuda en la pira funeraria de su difunto esposo.

Shiva: el dios protector, reina sobre la muerte, la siembra, los monzones y el retorno a Dios. El indecible, el inmaterial, el eterno.

stupa: una estructura sagrada en la que cada parte representa un aspecto de la enseñanza. Dentro de la stupa se colocan reliquias.

También es como un templo, un monumento conmemorativo, o también funerario.

Subramanya: hijo de Shiva y Pasmati, «amigo de los brahmanes». Cabalga sobre un pavo real.

Sumeru, monte: en él está Vaikuntha.

swamiji: venerable maestro, título respetuoso.

Vaikuntha: la morada celestial de Vishnú.

Vedanta: es una filosofía enseñada en los Vedas, las escrituras más antiguas de la India. Su enseñanza básica es que nuestra verdadera naturaleza es divina. Dios, la realidad esencial, existe en todos los seres. La religión es, por lo tanto, la búsqueda del conocimiento personal del ser, una búsqueda de Dios dentro de nosotros. Las principales ideas de la Vedanta son las siguientes: Dios es uno sin segundo (o sea no dos o más), es absoluto e indivisible. Aunque impersonal, más allá de nombre y forma, Dios asume varias formas personales para revelarse a nosotros. Dios es nuestra alma. Nosotros somos primordialmente conciencia, parte de la conciencia cósmica (universal). Todas las encarnaciones (manifestaciones de Dios en la tierra) son de hecho encarnaciones de la Divinidad. Ni una sola encarnación puede ser considerada como la única manifestación de esa divinidad.

vedantín: el que sigue el sendero del Vedanta.

Vedas: nombre de las escrituras védicas tomadas en conjunto. En el sentido más estricto se refiere a las cuatro escrituras originales: El *Rag Veda*, el *Yajur Veda*, el *Sama Veda* y el *Atharva Veda*.

Vidura: amigo del dios Khrisna.

Vijaya: uno de los dos gigantes guardianes de Vaikuntha.

vina: instrumento musical que consiste en dos calabazas huecas, unidas por cuerdas, que se pulsan con una delgada caña de bambú. Aparece hacia el 600 a.C, por lo que es considerado como el origen del que arranca toda la familia de los instrumentos de cuerda.

Vishnú: dios que conserva el mundo y protege a la humanidad

Vrindavan: la ciudad de las viudas, donde Krishna las protege

Yama: el primero de los muertos, el rey de los fantasmas.

Yoga Vashishta: unos de los textos sagrados sobre el yoga, entre los más antiguos e interesantes.

Yudishtira: uno de los cinco hermanos Pandava. Gobernó la tierra tras la Batalla de Kuruksetra.